太陽の子　GIFT OF FIRE

樹島千草

集英社文庫

太陽の子　GIFT OF FIRE

1

——そこは奇妙な作りをした空間だった。

数階分の天井を取り去った、吹き抜けの実験棟だ。机や椅子などの家具はなく、代わりに巨大な金属製の輪をいくつも連ねた碍子《がいし》の筒が数本立っている。碍子の筒は地面に置かれた巨大な「装置」へ続き、稼働の瞬間を今か、今かと待っているようだった。

「準備はいいか」

「ええ、今、最終確認を……」

強化ガラスで守られた実験室では研究者たちが真剣に装置を見つめていた。熱のこもった視線だ。それでいて、どこか緊迫感も湛《たた》えている。

「いい加減、そろそろ結果を出さな、あかんですね。海軍もしびれを切らしとる」

「倍電圧整流回路を利用した高電圧加速装置……。うまくいくはずだ、理論上は。成功例もすでにある」

「だが、あのときと今じゃ、そもそもの状況が違うでしょう。この状況下で果たして実用に耐えうるのかどうか……」

強面《こわもて》の研究者が忌ま忌ましそうに顔をしかめた。そしてふと何かに気づいたように周囲を見回す。

「……そういえば、あいつはどこに？　実験好きの実験バカがおらんのは珍しい。寝坊ですか」

キョロキョロと辺りを見回す男性に、隣にいた眼鏡をかけた研究者がふっと笑った。

「実験好きの実験バカ」……そんな抽象的な愛称が誰を指すのか、わからない人間はこの実験棟に一人もいない。

「石村《いしむら》は例の工房だ。この実験が失敗したときのために、次の用意を頼んでいる」

「確かに、試さなあかん実験は山積してますからね。レモンパウダーはいくらあってもありがたい。ただ、まだアレを確保してる工房なんて、ほんとにあるんでしょうか」

「そこは石村を信じよう」

眼鏡の奥で研究者はにっこりと笑った。

「この辺りの工房は当たり尽くして在庫はない。……それでも石村ならきっと探し出してくるはずだ」

＊

――一九四四年（昭和十九）、九月。

日本は第二次世界大戦のまっただ中にあった。

三年前の開戦時はいくつかの戦いで勝利を収め、マレー半島やフィリピンへ占領地を拡大したが、徐々に国力の脆弱《ぜいじやく》さが浮き彫りになる。一九四二年六月のミッドウェー海戦に敗北し、一九四四年の夏に絶対国防圏として死守すべきサイパンが陥落すると、いよいよアメリカ軍による本土空爆が本格化した。

当初、空爆は工業地帯の破壊を目的としていたが、対象はすぐに市街地に及び、昼夜を問わず爆撃機が日本の空を飛び交うようになる。

――戦況を変えるには、今まで地球上に存在したこともない圧倒的な破壊力を有する新型兵器が必要だ。

海軍はその理念のもと、京都帝国大学のとある研究室に密命を下したのだった。


ごうごう、ばちばちと窯が燃える。

薪《まき》がはぜ、火の粉が舞う。

熱気が小屋を循環し、戸のない出入り口から流れてくる。「窯いそ」という表札のかかった小さな工房では今、仕事の真っ最中なのだろう。

「すみません……」

陶磁器を焼く熱に圧倒されながら、石村修《しゅう》は恐る恐る声をかけた。緊張でかすれた声に、中からの返事はない。事前に連絡しておくべきだったかもしれないと後悔するが今更だ。ここまで来て、引き返すことなどできない。

背負った大荷物の紐《ひも》が肩に食い込んだ。真っ黒な学生服はしっかりした作りだが、それでも荷物の重みは確実に修の肩を押しつぶしていく。

「す、すみません」

突然すみません、京都大の石村です、まで名乗ろうとした時、薄暗い工房内でごそりと何かが動いた。

老人だ。うずくまって窯に薪をくべた後、身を起こしたのだろう。無数に亀裂の入った岩のような、固くて年季の入った顔立ちをしている。

「…………」

老人は戸口に立つ修に気づき、眉間のしわを深くした。

——ついにここにもやってきたか。

そんな考えが伝わってくるようだ。歓迎されていないのだと嫌でもわかり、修は小さく肩をすぼめた。

「あの、僕」

「ん」

それでも老人は修を追い払うことなく顎をしゃくった。ずらりと様々な陶磁器が置かれた棚の奥から、大きな木箱をズリズリと引き出す。

「ん」

工房に入ってきた修にもう一度顎をしゃくり、老人は自分の作業に戻っていった。好きなだけ持って行け、ということだろう。修に全て差し出さなくてはいけないとわかっているのだ。

老人に対してかける言葉も思いつかないまま、修は木箱に目を向けた。たっぷりと詰め込まれたおがくずをかき分けると、分厚い油紙に包まれた瓶が出てくる。中身を改め、ほう、と思わずため息がこぼれた。

(まだこんな、ええもんが残ってたとは)

深みのある、鮮やかな黄色の粉末。

今日あちこちを探し歩いて集めた中で、この「レモンパウダー」が一番上質だ。

瓶を慎重に包み直すと、修は背負っていたリュックに詰めていった。全て詰め終え、背負い直した時はさすがに足がふらついたが、ぐっと足に力を込めて踏みとどまる。

「ありがとうございます！」

修はこちらに背を向けたきりの老人に深く頭を下げ、工房を出た。

バスを使い、帰途につく。

窓の外は晴れていたが、町の空気は陰鬱だ。華やかな装飾はどこにもなく、人々はうつむきながら、足早に通りを歩いている。

無理もない。いつ、今の暮らしが破壊されるのかもわからない時代だ。この状況が変わらない限り、人々に笑顔は戻らないだろう。

（いや、俺たちが戻すんや）

その思いを胸に、修は京都帝国大学に向かった。

大学の敷地内も街同様、閑散としている。授業や講義が中止になり、学生たちも徴兵されて戦場に行かねばならなくなったからだ。

ひとけが絶えた構内は静まりかえり、埃《ほこり》っぽい。節電せよとの通達があるため、廊下は常に薄暗く、不気味ですらあった。

そんな薄暗い廊下を修は進み……やがて目的地である原子核物理学研究室が見えた。

「ただいま戻りました！」

飛び込むようにして研究室のドアを開けると、中にいた二人の学生がばっと立ち上がる。

「おお修！　帰ったか！」

「お疲れ！　どうやった！」

先輩の花岡喜一《はなおかきいち》と同学年の堀田茂太郎《ほったしげたろう》が駆け寄ってきた。二人とも、修と同じように髪を短く刈り、学生服に身を包んでいる。

「暑かったろう。汗だくやないか」

修を見て、堀田がおかしそうに笑った。長身で精悍《せいかん》な顔立ちをしているため真顔だと迫力があるが、彼は気が優しく、細かいところにもすぐ気づく。

差し出された手拭いをありがたく受け取った時、隣にいた花岡が身を乗り出してきた。

「で、どうや。空振りってことはないやろ？」

「十キロあります」

「十キロ⁉　ようやったなあ！」

力強くうなずいた修に、花岡が飛び上がって喜んだ。笑う時も怒る時も全力の、面倒見がよい先輩だ。まっすぐな気質で、彼は他人の成功を自分のことのように喜んでくれる。

「みんなは？」

「隣の実験棟や。今、例のを試してる」

修が背嚢《はいのう》（リュック）を下ろすのを手伝いながら、花岡は奥の扉に顎をしゃくった。

頑丈で物々しい鉄扉だが、中で行われていることを考えれば、こんな扉は紙同然だ。万が一事故が起きれば、この研究室は一瞬で破壊されるだろう。

それでも修はまぶしそうに目を細めた。この奥では今、素晴らしい実験が行われている。


一方、実験棟では実験前の最終確認が終わろうとしていた。

「加速器、異常ありません」

しゅるんと音を立てて、男子学生が一人、梯子《はしご》を伝って実験室に下りてくる。強化ガラスの向こう側には巨大なコッククロフト・ウォルトン型加速器が置かれ、稼働の瞬間を今か今かと待っている。

電圧増幅回路を梯子状に積み上げ、高圧の直流電圧を生み出すことが可能な装置だ。

青年、村井正史《むらいまさし》は床に着地するやいなや、サッと素早く配電盤に向かった。

「電源入れます！」

彼が配電盤を操作すると、加速器が起動した。ヴヴヴ、とうなりを上げ、三階ほどの高さにある加速器の上部から火花が迸《ほとばし》る。

それを受け、実験中の霧箱をのぞき込んでいた男たちが安心したようにうなずいた。

「出てますね」

霧箱内に入れた小さな容器から、青くて細い閃光《せんこう》が四方に放出されている。

放射線だ。気化したエタノール蒸気を急速に冷やすと、霧箱内が過飽和状態になる。高電圧加速器でつくられた放射性の粒子がそこを通過するとイオンが発生し、その軌道が肉眼で捉えられるのだ。

「アルファ線より重い粒子やな」

「トリウムの分裂で出来た放射性物質や」

「次、霧箱の圧力、変えてみようか」

阿吽《あうん》の呼吸で、素早く意思の疎通が行われる。霧箱をのぞき込んでいた一人が、配電盤近くにいた村井に声をかけた。

「電圧上げてくれ」

「はい!」

だが彼が配電盤に手を伸ばした瞬間、ガウン、と音を立てて実験室の電気が消えた。同時に、加速器も沈黙する。

「またか!　このところ毎日や」

停電だ。近頃、京都の町は毎日のように停電している。電力で動く高電圧加速器にとって致命的な状況だ。

「海軍はあれだけ開発を急げ、言うんやったら、電力くらい確保せんか!」

加速器を見上げた男が憎々しげに吐き捨てた。

強面の助教授、岡野真三《おかのしんぞう》だ。ゴツゴツとした顔で筋肉質。肩に手拭いを垂らした格好は一見、肉体労働を得意とする作業員のようだが、彼は生粋の科学者だ。重い実験機材や薬剤を運んでいるうちに、どんどん筋肉がついたという。その身体《からだ》が証明するように、彼はいつでも行動が早い。

「彼らも必死なんだ。今日も荒勝《あらかつ》先生のところに大勢で押しかけてきた」

隣にいるもう一人の助教授、木戸貴一《きどきいち》がなだめるように首を振った。

彼は岡野とは正反対で、痩せていて背が高い。丸眼鏡をかけ、白衣を羽織っている姿はどこか温厚な白山羊《しろやぎ》を思わせた。荒勝文策《ぶんさく》が統括するこの研究室では一人だけ四十歳を超えていて、荒勝がいない時は木戸が研究者たちをまとめている。

「急がされてもどうにもならないが、馬鹿正直にそうも言えない……。荒勝先生も苦労されている」

「言うてやったらええんですわ。連中が来るたび対応せんといかんし、正直邪魔です」

「なら、そう言ってきてくれ、岡野くん」

「口だけやのうて、手も出してええなら行きますけど」

にやりと笑う岡野に、木戸は思わず苦笑した。

「今、君が投獄されては大ごとだ。堪《こら》えてください」

「わかってますわ」

二年前、海軍はミッドウェーの海戦で大敗を喫し、艦隊の多くを失った。主力の軍艦をなくした彼らは大至急、新たな武器を必要とし……結果、物理学の権威、荒勝文策に目をつけた。

――新型爆弾の開発。

荒勝率いる京都帝国大学の物理学研究室に求められたのが「それ」だ。地球上に存在したことのない大量破壊兵器は理論上、開発可能とされるものの、一朝一夕で作れるはずもない。研究者たちは日夜、研究に追われていた。

「高電圧加速器は行けると思ったんだがな」

木戸が名残惜しそうに嘆息した。

「反応自体は悪くないが、これだけ電力が不足していては実験が成功したところで実用化には至らない。諦めるしかなさそうだ」

「そうなると、他に残っている手は……」

「届きました！」

その時、重い扉を開き、威勢のいい声が飛び込んできた。

隣接した物理学研究室から、三人の学生が顔をのぞかせている。その中に温厚そうな丸眼鏡の青年を見つけ、研究者たちは顔を輝かせた。

「戻ったか、石村！」

「待っとったんや！」

行動派の岡野が真っ先に駆け寄り、青年、修の背中を叩《たた》く。

その衝撃にむせながら、修は机に並べた瓶を笑顔で示した。

実験器具や計算用紙でごちゃつく大机に、数本の瓶が置いてある。その色鮮やかな黄色の粉末を取り囲み、研究者たちが「おお」と感嘆の声を上げた。

「硝酸ウランだ」

「こんなきれいな黄色は初めてや」

「今までろくなサンプルを拝めんかったからな」

「よく見つけてきてくれた、石村。これはどこから？」

木戸の問いに、修はにこりと微笑《ほほえ》んだ。

「五条坂です。今日はあちらを回ってきました」

「五条……っ。ここからじゃ、かなり距離があるだろう。あそこから、この量を担いできたのか？」

「こんなの、全然平気です」

はにかみつつ謙遜したが、修はすぐに、でも、と顔を曇らせた。

「工房の親父《おやじ》さんには迷惑をかけました。僕が行ったら、すぐに用件を察して、何も言わずに譲ってくれましたけど……」

　武器開発を急かすものの、海軍が実験に必要な資材を自主的に送ってくれることはない。何度も頼み込んで、やっと送られてきたサンプルも質が悪く、まともな実験が行えなかった。

　ゆえに、修たちは自分の足で資材を集めることにしたのだ。

　焼き物の仕上げや色づけに使う釉薬《ゆうやく》は重金属の粉末だ。陶芸で「黄色」を出す時に使う粉末こそ、修たちの求める硝酸ウランに他ならない。

　はじめは大学近辺の陶芸家のもとを回っていたが、それでも足りなくなったため、修はこの日、少し遠方まで足を延ばすことにしたのだった。

「政府の要請と言えば、誰も拒否はできません。それをいいことに僕は……」

「私利私欲で奪うわけじゃない。役立てて前に進むことこそ、協力してくれた方々への恩返しだ」

「これで実験は続けられるでしょうか」

「ああ、これなら、より精度の高い実験ができる」

　助手の清田《きよ》薫《たかおる》が深くうなずいた。三十代の彼は学生と助教授たちのつなぎ役だ。いつも冷静に周囲の状況を観察している。

「まず硝酸ウランを何段階も加工して、気体の六フッ化ウランを作り出す。そのウランなら確実に核分裂を起こす。そうですよね、木戸さん」

「ああ、天然のウランのほとんどがウラン２３８だが、ほんのわずかにウラン２３５が含まれている。それを取り出したい」

「ウラン２３８の方を実験に使うことはできないのですか」

　疑問に思ったことを修はそのまま口にした。

　研究室に、講義の時に似た空気が流れる。木戸も「助教授」の顔になり、部屋にあった黒板にチョークでカリカリと図を描いた。

「ウラン２３８は核分裂しにくい。核分裂反応が起きるのは２３５だけだ」

「取り出す、とは……」

「いくつか方法はあるが、今回は遠心分離法で行く。ウラン２３５は２３８より少しだけ軽い。遠心分離機にかけて高速回転させると、重い２３８は外側に弾《はじ》かれ、軽い２３５だけが中央に残る。それを抽出するんだ」

　濃縮されたウランの抽出は今回の実験に不可欠だ。

　そのための手法はいくつか考案されていたが、まだいずれも実験段階でしかない。もっとも可能性が高いとされていた熱拡散法……天然ウランを熱し、ウラン２３５を取り出す研究もまだはかばかしい研究結果を出せていなかった。

「ならば我々は他の角度から実験を試みるべき……。それが荒勝先生の考えだ」

「抽出は可能なのでしょうか」

「ああ、だがそのためには高速回転の遠心分離機が必要や」

助手の清田が言うと、助教授の岡野が重々しく首を振った。

「高速とちゃうぞ。超々高速回転や」

「ええ、岡野さん。……だがお前ら、難しいが不可能やない。ウラン濃縮さえできれば、核分裂を起こすのは簡単や」

「でもそれ、『理論上は』ですよね。本当に核分裂するかはまだわからんと違いますか」

その時、黙って聞いていた村井が皮肉っぽく議論に割り込んだ。高電圧加速器による実験が中止を余儀なくされて、機嫌が悪いのだろう。口の端をつり上げ、彼は清田を小馬鹿にするように目を細める。整った顔立ちをしているからこそ、彼の挑発的な態度は必要以上に小憎らしい。

「村井、やめえ」

先輩である花岡がいさめたが、村井は反省するどころか今度は彼に向き直った。

「俺が黙って実験が成功するならいくらでも黙りますわ。でも遠慮し合ってて実験が成功しますか?」

「村井!」

にわかに騒然とする実験室の中で、修だけは一人、その騒ぎの外にいた。

村井と花岡の不毛な口げんかは耳に入っていたが、頭までは届いていない。修の目は持ち帰ってきたばかりの硝酸ウランに釘付《くぎづ》けになっていた。

（きれいや）

深みを帯びた色鮮やかな黄色の粉末を見て、単純にそう思う。

これが日本の未来を作る。この明るい黄色が、人々の幸せを作るのだ。……きっと。

「あんまり近づくな、石村」

瓶を開けてのぞき込もうとした瞬間、近くにいた岡野が修を止めた。

「見た目はきれいでも硝酸ウランは毒性が強い。うっかり吸い込めば大ごとや」

「は、はい」

「直接触れるのも厳禁や。全員、取り扱いには十分注意してくれ」

「はい！」

修の声で村井たちも我に返ったように黙った。実験室に再び真剣な空気が戻ってくる。

それを感じて満足げにうなずきつつ、木戸がぐるりと学生たちを見回した。

「そう、扱いは慎重に。この先、ウラン２３５の抽出に成功した際は、さらに取り扱いに気をつけてほしい」

「木戸さん」

「一グラムのウラン２３５が核分裂すれば、ダイナマイト一万五千トンの爆発に相当するエネルギーが生まれると言われている」

「たった一グラムで……！」

「ああ、この実験室なんて簡単に吹き飛ぶ。自分と仲間たちの命がかかっていると思ってくれ。今後ここでくだらない口論は厳禁だ。いいな」

「……はい！」

　花岡が背筋を伸ばして返事をする。隣でしれっとしている村井を肘で小突きながらも、助教授の言いつけに逆らうつもりはないようだ。

「今頃、アメリカの研究者も向こうで猛烈に開発しとるはずや。アメリカだけやない。世界各国、どこもかしこもコレの研究をしてる。世界初の新型爆弾の、な」

「そう、この研究が成功すれば、我々は物理学の歴史に刻まれることになる。アインシュタインの理論を我々が具現化するんだ」

　清田の言葉を引き取り、木戸が高らかに宣言した。

（アルベルト・アインシュタイン……）

　その名は修もよく知っていた。

　いや、物理学を学ぶ研究者で、彼を知らない者はいないだろう。

　アインシュタインは現代における天才理論物理学者だ。相対性理論を筆頭に、数々の理論を提唱し、それまでの物理学の常識を塗り替えた。

そんな彼が数十年前、質量とエネルギーの関係式「$E=mc^2$」を提唱した。大量のウランが連鎖核反応を起こせば、すさまじいエネルギーを生む。それを使った爆弾を作れば、かつてないほどの威力を生むだろう、ということも。

戦争が始まる前、アインシュタインは京都を訪れたことがあり、荒勝の部屋にはその時の彼の写真が飾ってある。荒勝ほど権威がある教授にとっても、アインシュタインは別格なのだろう。

(ウラン235は九十二個の陽子と百四十三個の中性子からなる)

修は荒勝教授の講義で聞いた内容を脳裏に思い浮かべた。

(陽子と中性子はとてつもなく強い力で結びついている。それが原子核……)

そこに新たに中性子が一個飛び込むと、その力のバランスが崩れてしまう。強く結びついていたウラン235は分裂し、大きなエネルギーが放出される。

その時、分裂したウラン235から新たに中性子が飛び出し、それが別の原子核に当たり、分裂する。そうやって次々と連鎖していくことで、原子核は途方もないエネルギーを生み出していくのだそうだ。

アインシュタインのこの理論に世界中が飛びついた。

これは研究室という小さな領域で行われている、もう一つの世界大戦だ。

開発に成功した国が世界を制する。国のため、人のため、自分のため……。

様々な思惑と熱量が研究者たちを突き動かし、前へ前へと進ませる。

「学内にある、ありったけの回転体を集めてくれるか」

木戸が修たち学生に言った。

「石村が手に入れてきた硝酸ウランをできるだけ早く六フッ化ウランに加工して、高速分離法の研究を始めよう」

「急げよ！　夜になればまた電気も来る。その時、すぐに研究再開できるように準備しておくんや」

「はい！」

修たちは助教授たちの指示に大声で応え、一斉に駆け出した。

＊

この日はあっという間に夜が更けた。敵機が上空を飛ぶこともなく、町は静寂に包まれている。

だがそんな中、京都帝国大学の物理学研究室だけは煌々《こうこう》と明かりがついていた。助教授たちの読み通り、夜更けとともに停電が解消されたのだ。一般人が起き出す朝になる前に、できるだけ実験を進めなければならない。

「電圧上げました。百六十五ボルト」

「周波数上げます」

「二十」

明かりが漏れないよう分厚い遮光カーテンを引いていることもあるが、室内には熱気が立ちこめていた。

大机の上にはいくつもの遠心分離機が置かれている。

その内部に円筒形の容器を挿入して高速で回転させる。その都度、ケーブルでつないだ周波数変換機を操作しながら周波数を変え、分離機の性能を調べるのだ。

まだ分離機にウランは入れていない。まずは学内から集めた分離機を一つ一つ動かし、その癖を把握しなくては。

「制止」

遠心分離機を操作していた修が言う。

「周波数は?」

「二十キロサイクル」

机を一つ挟んだところで周波数変換機をいじっていた村井が続けた。

「あー、百二十かける……」

それらを受け、先輩の花岡が手元の機械式計算機を操作した。電圧と周波数を元に、遠心分離機の回転数を割り出して記録していくのだ。

機械式計算機は人為的な計算ミスを防げる利点があるが、操作が少々複雑だ。手元のハンドルを操作しながら、数字の入ったダイヤルを一つ一つ動かし、機械に打ち込まなければならない。

当然時間がかかるが、集中している修はそのことを完全に忘れていた。

「電圧上げます」

「ちょ、待てって、修！」

悲鳴を上げる花岡が面白かったのか、村井がにやりと笑いながら変換機を操作した。

「えー、周波数はー……」

「ちょ……二人ともええ加減にせえって！」

「制止」

「周波数三十キロサイクル。ほら花岡さん、はよ入力してくださいよ」

「……あー、もう誰か、代わってくれ。休憩や」

全く無自覚な修と、先輩を先輩とも思っていない村井のコンビに、花岡がふてくされたように立ち上がった。そばにいた堀田に指示しつつ、花岡は少し離れた椅子にぐったりと座り込む。

「やっぱり実験バカに実験やらせるとあかんわ」

「老眼ですか、花岡さん」

「アホ、誰がや」

ニヤニヤと笑いながら、村井が周波数変換機の前を離れて花岡に近づいてくる。軽口を叩いているが、彼もまた修のペースに付き合うには限界だったのだろう。

これは彼ら二人が飽きっぽいのではなく、修が異常なのだ。昼頃に遠心分離機を集めてから深夜の今まで、休憩も取らずにずっと分離機のデータを取り続けている。

「電圧上げます……制止」

なおも一人、黙々と作業していた修がやっと不思議そうに顔を上げた。周波数を上げる声が返ってこないことに気づいたのだろう。

こうなれば、さすがに修も休むだろう……。そんな期待を込めた目を向けた村井と花岡には気づかず、修は黙って席を立った。

「周波数も上げます」

自分で変換機を操作し、再び遠心分離機の前に戻る。そして数値を確かめ、今度は計算機の方へ。

今まで三人がかりで行っていた実験を一人でやろうとしている。しかも多分、無意識に。

「………」

「……はー」

花岡と村井は顔を見合わせ、ため息をついた。

そして二人同時に席を立つ。

「おい修」

もう一度変換機の前に座った修の頭を、花岡は軽く叩いた。

「いてっ」

「ええですから。俺がやりますから」

「花岡さん……」

「分離機の方は俺がやりますわ」

やれやれと肩をすくめながら、村井が機械を操作する。

二人ともわざと敬語で喋《しゃべ》ってくる。実験バカ、と村井の口が動いたのがわかり、修は思わず苦笑した。

いい連中だ。渋々だろうが何だろうが、彼らは修を突き放すことなく、いつだってとことん付き合ってくれる。

「どうや？」

少し離れたところで助教授たちと作業していた清田がやってきた。

「この実験は遠心分離機がどれだけ回転できるかにかかってる。超々高速回転できそうか」

「なんとか一万まではいけると思います」

「十万」

その時、静かな声が割り込んだ。

遠心分離機の設計図を引いていた木戸だ。

「一分間に十万回転、必要だ。それ以下ではウラン２３８と２３５が分離しない」

「十万……!?　そんなに必要なんですか」

「これらの重さはほとんど変わらない。その二つを分離するには想像を絶するほどの遠心力がなくては」

「えらいこっちゃ……」

これでは既存の遠心分離機は役に立たない。どれだけ熱心に応援されようと、修が千メートルを一秒で走れないのと同じく、構造そのものの限界を超えている。核分裂装置を作る前に、全く新しい遠心分離機を開発する必要があった。

（でも、どうやって）

研究室にぐっと重い沈黙が落ちた時だった。

「やってるね」

ひょいと片手を上げ、初老の男性が入ってきた。貫禄はあるが、決して威圧的ではなく、むしろ穏やかなオーラを放っている。

この研究チームの責任者、荒勝文策だ。

「お疲れ様です、先生。海軍の方々はお帰りに？」

一斉に立ち上がって皆が荒勝を迎える中、木戸が心配そうに眉をひそめた。

「また無茶を言われたのでは」

「ははは。まあ、やれることをやるだけだからね。……これ、なんもないけどな。腹の足しにはなるやろ」

荒勝は持っていた風呂敷包みを作業机に置き、学生たちにうなずいた。礼を言いつつ包みを開けた学生たちが「おお」と歓声を上げる。

トマトやキュウリなどの夏野菜だ。戦争が激化し、市井では新鮮な野菜が手に入りづらくなっている。これは何よりの差し入れだった。

皆、荒勝に礼を言いつつ、群がって野菜に手を伸ばす。

「修」

完全に出遅れてしまった修の目の前に、ぬっとトマトが差し出された。慌てて顔を上げると、同期の堀田が笑っている。

「今日は散々歩き回って疲れてるやろ。遠慮なくもらっとけ」

「ごめん」

「謝る話か。お前が一番の功労者やないか」

硝酸ウラン十キロのことを言っているのだろう。

荒勝研究室の面々はいい人ばかりだが、修はこの堀田といる時が一番くつろげた。彼はいつでも周囲をよく観察していて、細かい変化に気づいてくれる。人の気持ちを察するのが苦手な修にとって、彼といると自然と穏やかな気持ちになれるのだ。

堀田の胸元で小さな十字架が揺れている。「分け与えること」をためらいなく行うのは彼の信じる教義によるものなのか、単純に彼の性格なのか……。

「ありがとう」

どちらでもいいか、と修はありがたくトマトを受け取った。

かぶりつくと、青臭さと酸味が口いっぱいに広がってくる。甘さよりも青臭さが強いが、噛《か》むたびに口の中に水分があふれ、ようやく修は自分が水分を求めていたことを知った。

そういえば遠心分離機の実験を始めてから数時間、一口も水を飲んでいない。一度思い出してしまえば喉の渇きは深刻で、修は夢中でトマトをかじった。

「みんな、食べながらでいい。聞いてくれ」

荒勝がゆっくりと研究室の奥まで歩き、チョークを取り上げた。

——atomic bomb。

黒板にそう書き、講義するように修たちに向き直る。

「アトミックボム？」

「そうや、清田くん。日本語では原子核爆弾と呼ぶことにしよう」

「原子、核爆弾か……」

「アインシュタインはニュータイプ・ボムと呼んでいるようだが、私は『atomic』の文字を使いたい。我々が目指すんは単なる兵器開発やない。原子の力を解放することや」

ぐっと荒勝の声に力が宿った。

それが彼の矜持《きょうじ》であり、信念なのだろう。たとえ軍部に強制され、拒否できない状況で新型爆弾の開発を強いられようと、自分たちが目指すのは「ソレ」ではないのだと。

荒勝は「bomb」の単語に力強くバツ印を書き、修たちに向けて笑顔を見せた。

「皆もその気持ちを忘れず、頑張ってくれ」

「はい！」

全員、真剣な面持ちでうなずき、再び実験へ戻っていった。

「そや、石村くん」

仲間たちに続こうとした修を、荒勝が呼び止めた。慌てて向き直ると、荒勝が茶目っ気のある顔で笑っている。

「この間の試験、赤点や。追試したるから、来週にでも僕の部屋へ来なさい」

「は、はい！　……すみません」

「科学者はな、赤点くらいでちょうどええ。紙の上より実験や」

にっこりと微笑み、荒勝は来た時同様、ひょうひょうとした様子で研究室を出て行った。

（紙の上より実験……）

じわじわと胸のうちに喜びが広がる。

荒勝は今、修の有り様を肯定してくれた。仲間たちから実験バカとからかわれようと、寝食を忘れるほど実験にのめり込もうと、それは科学者として正しいことなのだと。

（頑張ろう）

ぐっと拳を握り、修は再び仲間のもとに駆けていった。

2

漆黒に染まっていた空が徐々に青みを増し、群青から薄青へと変化する。まだ夜露で湿った空気が漂う時間帯、鴨川《かもがわ》の下流域には人が大勢集まっていた。昔ながらの木造家屋が密集する一角に、大勢の作業員を引き連れた役人が立っている。

「……米軍の空襲に備え、火災被害を最小限にとどめ、日本国の勝利に寄与するため、建物取り壊しを命ず！」

小さな家の前で、役人が手にしていた書類を滔々《とうとう》と読み上げた。彼の前に立っていた二十歳過ぎの美しい女性、朝倉世津《あさくらせつ》は祖父、清三《せいぞう》とともに深々と頭を下げた。

「お世話になります。よろしゅうお願いします」

「始めろ」

世津には目もくれず、役人は配下の作業員たちに顎をしゃくった。彼らは無遠慮に家に押し入り、乱暴に戸を外し、畳を剝がし、家具を通りに投げ捨てていく。もうもうと土煙が舞い、息が詰まる。世津はうつむき、ぎゅっとモンぺの裾を握りしめた。

「お願いします。お世話になります」

世津は作業員一人一人に頭を下げたが、誰も彼女に目を向けない。まるで彼女の姿が見えていないかのようだ。

いや、世津だけではない。きっと今の時代、役人の目に「民」は映っていないのだ。彼らにとって今取り壊すのは「空き家」で、明日には忘れてしまうほど取るに足りないことなのかもしれない。

――守れなかった。両親から受け継いだ、大切な家だったのに。

　自分のふがいなさが悔しくて、涙がにじみそうだ。何かに憑《つ》かれたようにふらふらと家に戻ろうとする祖父を押しとどめ、かろうじて玄関の表札を外すのが精一杯だった。

足下からじわじわと冷たい空気が這《は》い上がる。無力感と絶望を含んだ冷気に、世津が思わず身を震わせた時だった。

「世津ちゃん！」

　まっすぐで温かい声がした。弾かれたように顔を上げると、学生服姿の青年が自転車で路地を曲がってくる。

「修兄ちゃん」

　その瞬間、世津の身体に熱が戻った。「彼」の目にはちゃんと世津が映っている。透明になってしまったわけじゃない。

「遅くなってすまん。実験してたら、いつの間にか朝で。もっと早く来るつもりだったのに」

　汗だくで、目の下にべっとりとクマを張り付かせながらも、幼馴染《おさななじ》みの青年は柔らかく微笑み、手を差し出した。

「もう大丈夫や。迎えに来たで」

数ヶ月前、敵国による空襲を想定して、京都府内に「建物強制疎開」の通達が出された。

木造家屋の密集地に焼夷弾《しょういだん》を落とされた場合、類焼して大火災になる。それを防ぐため、あらかじめ住宅を「間引く」のだ。

防火帯として御池通《おいけどおり》から五条通を結ぶようにまっすぐ線が引かれ、その上にある建物は全て、完全に破壊される。

人が移動する疎開ならば、彼らはいずれ戻ってくるが、建物となるとそうはいかない。対象となる一帯に住んでいた人々は帰る家を失った。

どこかに頼れる親戚がいればよいが、いなかったとしても国が新たに家を用意してくれるわけではない。ただでさえ戦争で疲弊している民にとって、これは耐える気力そのものを奪われる行為だった。

「なんだ、あれ。寄ってたかって」

鴨川にかかった橋をゆっくり歩きながら、修が憤慨するようにうめいた。背負った清三を揺らさないように気をつけているが、怒りで身体が震えてしまう。

まだ空は青く、橋に設置されたガス灯も点《つ》いていない。夕方まではかかるだろうと思われた取り壊し作業はあっという間に片付いてしまった。

世津の家は何本ものロープをかけられ、大勢の作業員によって引き倒された。散らばった木材は見物人たちが大挙して押し寄せ、全て持って行ってしまった。そこに住んでいた世津と清三の手には何も残らない。世津の持つ小さな鞄《かばん》一つが、彼女たちの全財産だ。

「みんな必死なんよ」

　隣を歩く世津が苦笑した。

「これから冬になるでしょ。暖を取るための燃料は必要やわ」

「燃料やない。家や。世津ちゃんと清三じいちゃんの。……それに、ご両親が残してくれた、大事な」

「うん、あんな簡単に我が家が倒れるなんて思わんかった。なんか、ずーっとあそこで暮らしていけると思ってたわ」

　あははと声を上げて世津が笑う。

「でも仕方ないよね。これも勝つためや」

「世津ちゃん……」

「ね、覚えてる？　私、おじいちゃんに叱られると、いっつもあの家の押し入れに閉じこもってた」

「覚えてる」

　昔、清三はとても元気な人だった。声が大きく、豪胆で、自分の孫だろうと他人の孫だろうと、悪いことをすれば容赦なく叱られ、げんこつを落とされた。

あの時、岩のように大きく感じた拳は今、力なく自分の肩にしがみついている。体重も紙のように軽く、このまま砂になって崩れてしまいそうだ。

「お母さんが呼んでも、お父さんが呼んでも、出んかったわ。どんな好物でつられても、絶対出るもんかーって。……でもそんな私を連れ出しに、よう修兄ちゃんと裕之《ひろゆき》兄ちゃんが来てくれたね」

「昔から、すねると手に負えへんからな」

「は？　ちょっと何よ、その言い方」

修の言い草に、世津が食ってかかってきた。修の肩にやっと頭の先が届くくらい背が低いのに、少しもひるむ様子がない。そのまっすぐなまなざしを見て、修は少しホッとした。

「やっと調子、戻ってきたな」

今朝方、役人の前で小さくなって、頭を下げていた彼女を見た時は胸が詰まった。しばらく会わないうちに、戦争が彼女を変えてしまったのかと。

（でも）

変わっていなかった。二歳下の勝ち気な少女は、何年経《た》っても彼女のままだ。当時からは考えられないほど美しく成長したこと以外は。

＊

修の家は木造二階建てで、立派な作りをしていた。

玄関を入ってすぐ二階に上がる階段があり、修の部屋に続いている。一階は障子でいくつか仕切られた広々とした和室で、中庭を囲むようにして渡り廊下が作られていた。その先にある離れに世津とその祖父、清三は暮らすことになった。

こぢんまりとした部屋だが掃除は行き届いていて、風通しもいい。修の母、フミがこの日のためにせっせと片付けておいたのだ。

「ごめんねえ、狭いとこで」

客用布団を運び込みながら、フミが申し訳なさそうに言った。

「せっかく修たちの幼馴染みが来てくれたのに、ろくな歓迎もできんで」

老いた祖父を休ませていた世津は慌ててフミに向き直り、ぶんぶんと首を横に振った。

「そんなことない。十分です。……な？」

「ん」

話を振られ、清三もにっこりと微笑んだ。昔の覇気は影も形もなくなってしまったが、その分、今の清三は菩薩《ぼさつ》のようだ。穏やかで、のんびりしていて、今が戦時中であることも忘れてしまいそうになる。

世津たちの荷物を離れに運んでいた修は複雑な思いで微笑んだ。変わってしまったことに対する切なさと、それでもこうして彼らが生きていてくれることのありがたさと。

「遠慮せんでええからね」

フミが安心させるように、世津たちにニコニコと微笑んだ。

「修と二人じゃ広すぎたところや。我が家と思うて、ずっといてくれていいからね」

「おばさん……」

「足りないものがあったら、何でも言って。……ま、その代わり、色々手伝ってもらうけどな」

「もちろんです！　何でも言ってください」

「ほんならお夕飯の支度、手伝ってくれる？　清三さんと世津ちゃんの好みのお味、教えてほしいわ」

フミはそう言いながら、世津の手を引いて台所へ向かっていった。

清三と二人で残された修は苦笑するしかない。

母は昔からこんな調子だ。働き者で明るく、滅多なことでは動じない。公正な性格で、時に厳しく、時に温かく、修とその弟の裕之を愛情たっぷりに育ててくれた。

ふた月ほど前、修が研究室で今回の建物疎開の噂《うわさ》を聞き、世津のことを思い出した時もそうだった。帰宅して母にその話をした時、自分の希望を伝える前に「はよ行ってあげなさい！」と家からたたき出された。

『きっと今頃、すごく不安やわ。他に頼るあてがあるならええけど、ないならすぐ連れてきなさい』

さすがに今すぐは無理だろうと言いたかったが、一度こうと決めたフミは何があっても意見を変えない。身をもってそれを知っている修は実験後の疲れた身体にむち打って、自転車で世津のもとに向かったのだった。

（結局、建物の取り壊しまでは、ってことになったけど……）

それからふた月後の今日、晴れて世津と清三は修の家に身を寄せることになった。自分の家に世津がいる、というのは正直、まだ実感がわかないが……。

「さあ世津ちゃん、しっかり食べてね！」

夜、ささやかな歓迎会が開かれた。

清三はまだ離れで寝ていたので、居間に集まったのは修とフミ、世津の三人だけだ。それでも世津たちが来る前は二人暮らし同然だったので、この賑《にぎ》やかさに心が沸き立つ。

「ありがとうございます。こんなごちそう、久しぶりやわ」

「錦《にしき》市場の『丸松』でな。お肉、こっそり分けてもろたんやわ」

「丸松ってあの、怖いおっちゃんの？」

世津が目を丸くすると、フミは笑ってうなずいた。

「そうや。世津ちゃんが越してくるお祝いやー、言うたら、脂身のおまけまでつけてくれたで。おかげで今日はすき焼きや」

「えー、私、お母さんのお使いに行かされて、怖い思いした記憶しかないわ」

錦市場の丸松は近所にある精肉店だ。強面の店主と穏やかな妻が切り盛りしていて、修もよくフミのお使いで肉を買いに行った。

暴力的ではないが、何しろ店主は声が大きく、愛想がない。少しでも店先で迷っていると「はよ決めい！」と声を張られるため、修たちはお使いのたびに緊張しっぱなしだった。

「毎回毎回、作戦会議や。修兄ちゃんがおつりが出んようにぴったり計算したお金を用意してさ。裕之兄ちゃんがぱっと行って、ぱっと買うでしょ。お肉をもらった瞬間、お金をぴゃって置いて、三人でワーッて走って帰ってきたよね」

世津に笑顔で話を振られ、修ははにかんだ。

「よく覚えてるな」

「すごいなっていつも思ってたもん。修兄ちゃんは頭がよくて、難しい計算もすぐできるし、裕之兄ちゃんは勇敢で丸松さんとこでお肉も買える。二人とも私の自慢やったわ」

「……そうか」

なんと言っていいかわからないが、頬が熱くなった気がした。緩みそうになる口元を隠すため、修はおもむろに席を立つ。

そして隣の部屋に置いていた鞄から小さな紙包みを持ってきた。

「母さん、これ」

「なーに？　……ってお砂糖やないの！」

「すごい！　修兄ちゃん、これ、どないしたん？」

「研究室から失敬してきた」

「…………」

失敬してきた、という言葉に反応し、フミがキッと修に咎《とが》めるような視線を送った。

不正を嫌う母のまなざしに、修は慌てて首を振る。

「盗んだんとちゃう。実験で炭素を作るのに砂糖が必要やったんやけど、やってみたら使えんことがわかったんや」

「たんそ？」

「おお、そうや世津。炭素や。……まあでも炭素は別の方法で作ることになったから、砂糖はいらなくなって」

「……ふうん？」

「いらなくなったから！　失敬しただけや。盗みやない」

フミも世津も、修の言っていることは全く理解できなかっただろう。それでも母はため息一つでそれを飲み込んでくれた。

「ま、今日くらいええか。ありがたくいただきましょう」

「ふふ。はい、ありがたくいただきます！　……あ、すみません。先にこれ、おじいちゃんに食べさせてきます」

「はいはい。あ、お茶も持って行ってあげてね」

「すみません、ありがとうございます」

フミにぺこんと頭を下げ、世津は祖父の清三用の食事を盆に載せると、ぱたぱたと部屋を出て行った。

足腰の弱ってしまった清三に食事を食べさせ、戻ってくる頃には世津の食事はすっかり冷めているだろう。それを防ぐため、フミはこの日の食事をすぐ温め直せる鍋物にしたのかもしれなかった。

「ええ子やな」

世津の去っていった廊下を見るフミの目は温かい。

「いつもまっすぐ前向いて、頑張り屋さんで明るくて……。昔から何も変わってないわ」

「うん」

「世津ちゃんがあんたのお嫁さんやったら、死んだお姉さんも喜んでくれると思うわ。修がどんなお嫁さんもらうんやろ、って楽しみにしてはった。あんたを産んで、なんぼも経ってない頃やで」

「……気が早いわ」

「うん、せっかちな人やった。……何も、あんなに早く『向こう』に駆けてってしまうこと、なかったのにな」

苦笑しながらフミは隣室を見た。先ほど修が出入りした時にふすまを閉め忘れていたためか、部屋の様子が居間からも見える。

明かりの消えた部屋の奥には、ひっそりと仏壇が置かれていた。

先祖代々のものではあるが、もっとも目立つ位置に二つ、写真立てが置いてある。修の実母ヒサの遺影と、軍服を着たフミの夫の遺影だ。

修の両親は彼が生まれてすぐ、二人とも他界してしまった。父は流行病《はやりやまい》で、母は産後の肥立ちが悪くて。

二人ともあまりにも短い人生だった。

修はその後、母の妹であるフミのもとに引き取られた。そして一年後、フミと軍人だった夫の間に実子である裕之が生まれた後も、分け隔てなく育ててもらったのだ。

食事も衣服も、教育や愛情すらもフミは二人に同じものを同じだけ、たっぷり与えてくれた。細やかに世話を焼くフミを年頃の裕之はうっとうしそうにすることもあったが、修はいつもフミへの感謝をかみしめるばかりだ。

（ただ、な……）

自分は二十五歳になった今も実験一筋で、浮いた話も全くない。孫の顔を見せるといった恩返しはできそうになく、やや申し訳なかった。

「……ふー」

その夜、修は風呂で一息ついた。改めて思い返しても、色々なことがあった日だった。

（まさか世津がうちに住むことになるなんてな……）

「修兄ちゃん」

「うわっ⁉」

その時、どこからか世津の声がして、修は湯船の中で危うく溺れかけた。まさか、と風呂場の扉を見てから、そんなことあるかと自分の勘違いに慌てふためく。キョロキョロと周囲を見回し、やっと湯気を逃がすための格子窓が少し開いていることに気がついた。

壁を一枚挟み、外は釜焚《かまた》き口《ぐち》だ。世津が外から薪をくべてくれているのだろう。

「な、なに」

「お湯加減、大丈夫?」

「ああ、ちょうどええ。……世津が先に入ればよかったのに。遠慮せんと」

「そこまで図々しくできんわ」

静かに笑う世津が痛ましく思え、修は心持ち、語気を強めた。

「なんも。何も問題ない。研究室の連中もしょっちゅう入りにくるんや」

「…………」

「あいつら、遠慮ないからな。お湯いただきますーって入って、最後の一人が出たら、お湯が半分になってることもしょっちゅうや。だから遠慮なんて全然……世津ちゃん?」

一人でべらべら喋り続けていた修はそこでふと我に返った。

先ほどから応答がない。もしかして、薪をくべ終え、もう立ち去ったのだろうか。

だが、再び世津の声が聞こえた。うっかり聞き逃してしまうほど小さな声で、

「……ありがとう」

「なんや、改まって」

「私、困っとったんや。急に家、取り壊し言われて……。おじいちゃんはあんなやし、

もう、これからどうしよう思うて」

「……………」

「ほんまに、ありがたかったんや」

消え入りそうなほど小さい声が涙でかすんだ気がして、修は焦った。

(ずっと不安やったんやな)

考えてみれば、当然のことだ。今朝からずっと気丈に振る舞っていたので油断していた。

修は物心ついた時にはもう両親がいなかったが、世津は違う。彼女の両親は世津が十代半ばの頃、二人そろって列車の事故に巻き込まれ、この世を去った。

思い出は多く、その分失った悲しみは大きかっただろう。だが世津は一度も弱音を吐かなかった。当時はまだピンピンしていた清三と二人で暮らすと宣言し、すぐに日常へと戻っていった。教師だった両親のように、自分も将来は教師になるのだと笑いながら。

(ずっと、気にはなっとって……)

でも修は彼女のもとから少しずつ足が遠のいていた。

お互いに環境が変わったことはあるだろう。科学者になるという夢を捨てきれず、修は大学に進むための勉強が忙しかった。

だが、本当の理由はそれではない。

「遠慮せんでええんや。昔みたいに」

やましさを振り払うように、修は少し語気を強めた。格子窓の向こうで、安心したようなひそみ笑いが聞こえてくる。

「……せやな。昔みたいにできたらええな」

そしてふと、物思いにふけるように呟《つぶや》いた。

「裕之兄ちゃん、どないしてるかな」

「……あいつのことや、元気やろ」

応えるまでに一瞬間があいた。どうか気づいてくれるなと念じつつ、修は急いで言葉を付け加えた。

「先日、はがきが来たのはフィリピンからや」

「なんでそんな遠いところまで行って戦争するんかな」

「大事な作戦なんや」

「大事、ねえ。……また三人で会えたらええね」

「うん」

「じゃ、ごゆっくり」

去っていく世津の足音を聞きながら、修は湯船に身を沈めた。

――三人で、会えたら。

(違うやろ)

胸の中でそっと呟く。

世津が本当に会いたいのは、修ではない。

それがわかったから、修は彼女と距離を置いた。

それがわかっていたのに、彼女のもとに行ってしまった。

『……修兄ちゃん』

ふた月前、息を切らして駆けつけた修を見て、顔をくしゃっとゆがめた彼女を見た時、封印していた気持ちが動いた気がした。

自分からはもう連絡を取るまいと思っていたのに。

この行動が正しかったのか間違っていたのか、自分でもよくわからない。

3

風も吹かない地下壕《ちかごう》に熱気が充満していた。

天井が低い上、正面にあるボイラーでごうごうと炎が燃えているのだから当然だ。

「はぁ、はぁ……きついわぁ」

大きなシャベルで石炭をすくい、巨大なボイラーに投げ入れていた二十代の女性が弱音を吐いた。「神風」と書かれたはちまきをしめた額に手を当て、大きなため息をつく。

「朝からずっとこんなん無理やわ。もう腕が上がらん」

「やってるフリして、少し休んでて」

世津はこっそり彼女にささやき、自分のシャベルを振り上げた。

山のように積まれた石炭をざくっとすくい、ボイラーに投げ込む。この瞬間が一番きつい。ぶわっと火の粉と灰が舞い、肌や髪をあぶっていく。汗は瞬く間に乾いて、肌の上でざらざらした塩に変わった。喉が渇き、舌が上顎に張り付きそうだ。

それでも休憩時間はまだ先だ。世津は唾液を飲み込み、なんとか喉の渇きをごまかした。

「朝倉さん、働きもんやねえ。来てくれてから、私ら、すごい楽になった」

「そう？　だったらよかった」

微笑んだ世津にうなずきつつ、女性はやや不満そうに頬を膨らませた。

「この前までは私、紡績工場で働いとったんよ。朝早かったから大変やったけど、ずっと座って作業できてた。今思うと、天国やったわ」

「こういう力仕事、前までは男の人がやっとったんやろね。多分、その人たちが徴兵されて、人手が足りなくなったんやと思うわ」

季節は一九四四年の冬にさしかかっていた。これまで女性の勤労労働は自主志願の形を取っていたが、次第にそれが強制力を帯び始める。この年の八月には十二歳から四十歳までの未婚女性が軍需工場などに強制動員される「女子挺身《ていしん》勤労令」が施行され、女子挺身隊が組織された。

それまで男性のみに適用されていた健康保険法や厚生年金保険法の対象になったのは悪いことではなかったが、工場での労働は楽ではない。監督役の軍人が目を光らせる中、世津はひたすら石炭をボイラーにくべ続けた。

この熱が地上にある工場へ行き、そこで何らかの部品が製造されているのだろう。何もかも曖昧なまま働かされているのはすっきりしないが仕方ない。

「これもお国のため、やもんね」

自分に言い聞かせるように呟いた時、賑やかな足音が近づいてきた。振り返ると、まだ十代前半の少女たちがよたよたと大きなトロッコを押しながら歩いてくる。

「石炭、お届けでーす！」

「……っ、ふふ」

そのあまりの無邪気さに、世津は思わず笑ってしまった。

「ありがとう！」

「どういたしまして！　次はもっと山盛り持ってきまーす！」

元気で明るい笑顔に癒やされる。先ほど、愚痴をこぼしていた女性も少女たちに元気をもらったように、再びシャベルを握る手に力を込めた。

「あんな小さい子まで頑張ってるんやから、私らが弱音吐いてちゃダメね」

「うん、頑張ろう」

ともに励まし合って作業しつつ、世津はふと天井を見上げた。数ヶ月前の秋、自分を家に迎え入れてくれた「彼」は今頃、何をしているだろう。

（きっと実験、実験ね）

修に負けないよう、自分もできることを頑張らなければ。


同刻、京都帝国大学の物理学実験棟では世津の予想通り、この日も実験が行われていた。

数式がびっしり書き込まれた黒板に、机上や床に転がった大量の鉄板や工具。あちこちに洗う暇もない手拭いや汗まみれのシャツも丸まっており、雑然としている。

そんな中、部屋の奥に円筒形の機械が置かれていた。

全長一メートル半ほどの、遠心分離機の試作機だ。

既存の分離機では一分間に一万回転するのが限界だったが、ウランからウラン２３５のみを抽出するためにはその十倍の回転数が必要になる。荒勝教授や助教授の木戸たちが分離機の改良を試み、数ヶ月の試行錯誤の末、ようやく一つ目の試作機が完成したのだった。

「回転子入れます」

指示を受け、修は手のひら大の金属筒をゆっくりと分離機内に投入した。手を滑らせないよう、慎重に。

そして中心に通した軸を分離機に設置し、蓋を閉める。それを待ち、皆がサッとそれぞれの持ち場についた。

「電圧二百」

「周波数上げます」

実験開始だ。台に置かれた遠心分離機がうなりを上げ、内部の金属筒が高速回転する。同時に回転数カウンターが目にも止まらぬ速さでカウントを始めた。

「制止」

「周波数六十キロサイクル」

「超えました！　一万八百回転！」

おお、と声が上がった。前回は一万回転を超えることが第一関門だったが、今回そのラインはあっさり突破できた。このままどこまで行けるのか……。

修はさらに電圧を上げた。

「周波数八十」

「一万二千……三千……いや、四千四百回転！　……すごいな！」

周りで見ていた堀田や花岡たち、学生が歓声を上げる。

だが同時にふわりと焦げ臭い匂いが漂った。遠心分離機から灰色の煙が何本も吹き出してくる。興奮している学生たちはそれに気づかない。助手の清田が血相を変えて「おい」と声をかけた瞬間、ガタガタッと分離機が激しく揺れ始め……。

――バンッ！

大きな破裂音とともに、分離機が飛び跳ねて台から転がり落ちた。内部から重い金属筒が飛び出し、床に転がる。

「アホか、お前ら。頭に当たってたら死ぬとこやぞ！」

助手の清田が青い顔をして走ってくる。

「まだ試作機なんんや、ちゃんと確認しながらやらんと……」

「……っ」

延々と続きそうな小言を聞き流し、修は金属筒に駆け寄った。

「熱っ」

分離機内でよほど激しく回転していたのだろう。金属筒は高温になっていて、触った瞬間、皮膚が焼ける。そばにあった手ぬぐいで金属筒を包むと、わっと学生たちが集まってきた。

「めちゃくちゃ熱いです。問題は摩擦ですね、花岡さん」

「ああ、高速回転する時、内部で回転子が振動してるんや」

「それで摩擦が生じる。じゃあ……」

「ああ、軸を改良して安定させたら、共振はもっと抑えられるはずや」

学生たちは回転筒をのぞき込んであれこれ意見を交わした。興奮気味の彼らを少し離れたところで見ていた岡野が、はあ、と頭痛を覚えたようにこめかみを押さえる。

「この熱狂の元凶は石村やな……」

「ああ、石村の熱に皆が引きずられとる。……おい石村、お前はしばらく実験禁止！」

「え、ええぇ……っ」

清田に言われ、修が情けない悲鳴を上げた。

その手から、木戸が金属筒を受け取る。

「ふむ……確かにこれではダメだな。一万四千回転で煙を吐くようじゃ、とてもウラン濃縮はできない」

「軸を強くせんことにはどうにもなりませんね。ジュラルミンがあれば……」

「何度も要請はしているが、正直期待はできないな」

「ジュラルミンだけやない。肝心のウランが一向に届かん」

研究者たちはぐっと渋い顔をした。

「海軍は一体何をやっとるんや。はよ作れ、急かすばかりで、なんも用意せん」

「こんなことをしている間に、アメリカが完成させるかもしれん」

「……っ」

木戸の言葉に、周囲にぐっと緊張が走った。

……そうだ。これは単なる新技術の開発ではない。競争であり、戦争なのだ。

新型爆弾を最初に開発した国が世界を制する。後れを取れば、敵の圧倒的な武力の前に敗北するしかなくなってしまう。

「向こうは今、どれくらい進んどるでしょうか」

焦りと不安がにじむ声音で、花岡が恐る恐る木戸に尋ねた。

「作ってることは間違いないんですよね。我々が手遅れなほど差をつけられている、ということは……」

「わからん。向こうの情報は一切入ってこない」

「戦争前は同じ仲間やったのにな」

岡野がガリガリと頭をかきながら、吐き捨てるように言った。

「向こうがこっちに来たことも、こっちが向こうに行ったこともある。荒勝先生はヨーロッパにもアメリカにもぎょうさん知り合いがおるんや。以前は学会から帰ってくるたびに、楽しそうに向こうの話をしてくれた」

「そうだったんですね……」

「あの頃は、さほど技術の差はなかったはずや。お互いに学ぶもんがたくさんあった。けど今は……」

「技術以前に根本的な問題がある。電力、実験材料、時間、研究者の数……。資源の差が明暗を分けるかもしれん」

木戸がため息をついた。

確かにジュラルミンもウランも海軍は荒勝研究室に送ってこない。悪意があるわけではなく、こちらが要求したものを用意できないのだろう。

停電も頻繁に起きている。研究者の質が同格なら、資源を豊富に持つ方が有利なのは間違いない。

「そんなに暗くなることないですよ。モノがないのは多分、どこも同じでしょう」

室内が重い空気に包まれかけた時、パンと村井が手を叩いた。

「資源がないなら足を動かす。頭を使う。気合いを入れる。団結する。わかりきったことでしょう。弟も手紙にそう書いてきましたわ」

「村井の弟？　……あっ、まさか」

「ええ、先月徴兵されました。元気にやってるから兄貴もガンバレ、言われましたわ。俺らがこの研究を成功させれば、兵隊は戦場から帰ってこられる。家で待ってる家族も腹一杯メシが食える。やるしかないでしょう」

村井の強みは場の空気に流されないところだ。元々のあまのじゃくな性格によるところも大きいのだろうが、皆が楽観的だとひねくれたことを言う一方、皆が気落ちしている時はこうして強気に振る舞ってみせる。

村井の言葉で、実験棟に再び活気が戻った。

「確かにそうやな。やり直しましょう、何度でも！」

「俺らにできること、それしかないですからね！」

口々に、おう、と声が上がる。

（この盛り上がりを無駄にはできない）

遠心分離機に駆け寄る仲間たちを見ながら、修はそれを強く感じた。

今、研究室の空気はとてもいい。数ヶ月かけた試作機が失敗に終わっても、皆で励まし合い、やり直す流れができている。この空気に水を差すとすれば、それはやっぱり「資源」だ。どんなにやる気があっても、実験材料が尽きてしまえば、できることがなくなってしまう。

「修、行くのか」

輪から離れた修をめざとく見つけ、堀田が声をかけてきた。

「一人だと大変だろ。一緒に行こうか」

「ありがとう。でも、こっちも人手がいるやろ。堀田は俺と違って、周りをすごくよく見てる。さっきみたいな爆発が起きそうな時は、止める奴《やつ》がおらんと」

「まあ確かに村井や花岡さんはその辺、危なっかしいけどな」

「あっちは俺一人で大丈夫。こっちを頼みます」

にこりと微笑み、修は実験棟を後にした。


「窯いそ」と表札のかかった工房はこの日も熱気に包まれていた。初冬の風は冷たく、外套《がいとう》を着ていても身体が冷えたが、その冷気があっという間に吹き飛んでしまう。

「ごめんください」

ここに来るのは二回目だが、この日も修は緊張した。堀田に力強く請け負った以上、ちゃんと成果を持ち帰らなければならないのだが……。

「あら？」

その時、作業場の外にいた女性が修に気づいた。前回来た時はいなかったが、目元の涼しい二十代後半の女性だ。黙っていると少し冷たい印象だが、にこりと微笑むと華がある。

彼女は立ち尽くしていた修の目的に気づき、心得たように工房内に声をかけた。

「お父さん、お客様」

「なんだ、はな……、……む」

振り返った職人の澤村《さわむら》が口をへの字に曲げた。相変わらず歓迎されていない。

「こんにちは、あの」

「……黄色」

「え」

「使えんで困ってましたわ」

はあ、と大きくため息をつかれる。前回、澤村の持っていた硝酸ウランを修が全て回収してしまったことを言っているのだろう。本来なら黄色で仕上げたい陶磁器もあっただろうに、その機会を修が奪ってしまった。

「すみません。失礼しまし……」

「これ」

いたたまれず、頭を下げてきびすを返しかけた修に、澤村がぼそぼそと言葉を続けた。

振り返ると、彼は棚の奥にある小ぶりの木箱を顎で指し示し、再び大きくため息をつく。

「あるの、これだけですわ」

「あ、ありがとうございます！」

駆け寄ると、木箱には前回と同じように、黄色い粉末の詰まった瓶が数本入っていた。重さからして五キロほどだろうか。前回の半分程度だが、それでも十分ありがたい。

修は拝むような気持ちで、それらを全てリュックに詰めた。

「ウランはいろんな色を出してくれます」

作業が一段落した頃、ふと澤村が口を開いた。

娘のはなが彼と修のもとにお茶を運んでくる。ほとんど水と変わらない薄さだが、それでも今の時勢では贅沢品《ぜいたくひん》だ。修は温かい茶をありがたくいただいた。

「黄色、赤、黒……。酸化マンガンは紫、酸化銅は緑、コバルトは青。これも同位体は放射性元素ですわ」

「……お詳しい」

「焼き物と重金属は切っても切れん関係です。何年か前までは支那やアメリカからウランが手に入りましたが、戦争が始まってからピタッと来んようになった。何があるんか……」

「…………」

新型爆弾の開発は重大機密だ。何も言えずに黙る修を問い詰めず、澤村は娘に茶碗を返すと、再び作業に戻っていった。もとより答えは求めていなかったのかもしれない。

「あの、これ……わずかですが」

少し迷ったが、修はポケットから封筒を取り出し、澤村に差し出した。

大学から預かったものではない。この戦時下で、市民は勝つために資財を全て捧《ささ》げるのが決まりだからだ。建物強制疎開が決まれば、大人しく家を出て行かなければならないし、徴兵だと言われたら出兵しなければならない。

(それでも……)

こうして貴重な資財を譲ってもらうことを「当然」とは思いたくなかった。誰も彼も我慢している。国のため、勝利のため、本当は納得できないことを飲み込んでいるだけなのだ。

「いつも、その、ご迷惑を……」

「ほんまはね、色なんていらんのです」

澤村は振り返ることも、修の封筒に手を伸ばすこともしなかった。窯に向かって作業しながら、淡々と口を開く。

「黄色が使えなくて困る、なんてね。嘘《うそ》ですわ。……本当はもうずいぶん長い間、色なんて必要なくなってるんです」

澤村が窯の蓋を開けた瞬間、ごう、と勢いよく火の粉が舞った。中には真っ赤に焼けた骨壺《こつつぼ》が大量に並べられている。

「この辺りからもぎょうさん兵隊に行ったけど、みんな、骨になって戻ってくる。先週焼いた分は全て買われていきました。今週分ももうなくなります。焼いても焼いても追いつかん」

「あ……」

「早《はよ》う、こんなことは終わってほしいもんですわ。そのために協力すんのは市民の義務や。大事な釉薬でも、なんでも差し出さんと」

でも、と少し澤村の声に悔しさがにじんだ。

「……無理矢理持ってかれんのは業腹や、思とったところです。親戚のやってる料理店では金属類回収や、言うて、鍋まで持ってかれました。泣いて頼んでも、一つ残らずね。……あれじゃ戦争が終わっても、店を続けられません」

「澤村さん……すみません、僕」

「それや」

不意に、澤村がくすりと笑った。一瞬咳払《せきばら》いかと思ったが、近くにいた娘のはなが目を丸くしたところを見ると、確かに彼は笑ったらしい。

「最初に会《お》うた時も今も、先生はいつも言わはる。ごめんください、ありがとうございます、すみません……。ちゃんと目を見て、いつもそう言う」

「……母にそう育てられました。挨拶だけは忘れたらあかん、と」

「ええ母上や」

澤村はそこで振り返り、岩のような強面を少し崩して微笑んだ。

「ウランがご入り用だと」

「……はい。詳しいことはお話しできないのですが、その、できるだけたくさん……」

「大阪の方に工場がある、聞いたことがあります。今度、私の方で行って探してみます」

「ありがとうございます！」

修は勢いよく頭を下げた。挨拶の話をした直後に出た礼の言葉に、近くで聞いていたはなが、ふふっと笑う。

思わず頬が熱くなるが、修もまた気づくと笑っていた。

（お母さんのおかげや）

フミの教えに、澤村は信頼を返してくれた。厳しくも温かい母の姿を脳裏で描き、頭の中で手を合わせる。そして家で待つ母のことを考え……、

（もう帰ってるだろうか）

連鎖的に、近所の軍需工場で働いている世津のことを思い出してしまった。

少し前から世津も女子挺身隊の一員として同地区の軍需工場で働いている。勤務時間

は決まっているようで、修が帰る頃には身ぎれいにして出迎えてくれるが、楽な仕事ではないことくらいは修にも想像がついていた。

それでも研究でヘトヘトになって帰宅した後、世津の笑顔を見ると、その日の疲れが吹き飛んだ。

（こんなんは今だけや）

勘違いしないよう、自分に何度も言い聞かせる。そうわかっているのに、やっぱり帰宅が楽しみになる自分が少し情けなかった。

4

月日は矢のように過ぎていった。

肌寒さが残る初冬の空気はあっという間に凍《い》てつくような厳しさを含み、やがてふわりとほどけて柔らかくなる。

植物は季節ごとに花開いたが、人々にそれを見る余裕はなかった。

一九四五年の三月頃、東京都が大空襲に遭った。一夜にして十万人以上の民が犠牲になったと噂されたが、市民に詳細が明かされることはない。

――今日はどこそこの町が焼かれたらしい。

――とある戦地に向かった日本軍の部隊は全滅したらしい。

町のそこかしこで噂は流れるが、それだけだ。

新聞もラジオ放送も、日本にとって不利な情報は伝えない。勇ましい猛《たけ》りと民への忍耐ばかりを伝える媒体に皆、息苦しさを感じていた。

「ふー……」

初夏のある日、修は自宅の中庭で一人、大きく息をついた。もう日は高く昇っているが、つい先ほど研究室から帰ってきたところだ。汗だくだったが、自分一人のために風呂を沸かしてもらうような贅沢はできず、中庭にある小さな手洗い場で水をかぶることにした。

べたつく汗を洗い流し、やっと一息つけた。ずっと寝不足でふらふらしていたが、目も覚めた気がする。

（もっとはよ、水浴びしとけばよかったわ）

連日、休息も取らずに実験に明け暮れていたせいだろう。徹夜明けの今朝、研究室の床に置いてあったバケツにつまずき、中に入っていた工具を盛大にばらまいてしまったのだ。

中に錆《さ》びた釘やネジが入っていたのを見て、助教授の木戸と岡野が血相を変えた。

『怪我《けが》はないか、石村！』

『破傷風になったら大ごとやぞ！　消毒液もすぐこっちに回してもらえるとは限らん！』

駆け寄ってくる木戸たちの反応で、自分はどうやらまずいことをやらかしたらしいと気がついた。

今、不足しているのは実験に使う材料だけではない。食料も衣類も薬も、全てが軒並み足りなくなっている。そんな中、学生が怪我をしては大ごとだと考えたのか、木戸たちは急遽《きゅうきょ》、この日を休息日にすると宣言した。

『全員帰って、たっぷり寝るように。明日また集合だ』

その声に、花岡と村井が飛び上がらんばかりに喜んだ。

『修、ようやった！　ようやったぞ、えらい！』

『さすがや！　お前はやる時はやる男や、思とった！』

『……これ、褒められること、ちゃいますけど……』

『何言うてる！　俺らが褒めるわ！』

がしっと両側から抱きつかれ、うろたえているところで堀田と目が合った。

『……っ』

ニコニコと無言で笑っている。堀田も相当喜んでいるらしい。

学生たちも全員、この研究の大義はわかっているし、理想にも燃えている。だがそんな彼らですら、終わりの見えない実験の日々に疲れが溜《た》まっていたのだろう。

(そういえば最後に休んだのは二ヶ月前だったか)

……いや、もっと前だったかもしれない。寒い寒いと言いながら、世津と布団を買いに行った記憶がある。彼女と祖父の清三を家に迎えて、初めての年越しにそわそわした日だ。

「まさか、半年ぶりか」

それは確かに、花岡たちも小躍りするだろう。

彼らの笑顔を思い出しつつ、修はふと顔を上げた。

「——……?」

なんだろう。よくわからないが、なぜか突然、奇妙な感覚に陥った。

うれしいような、そわそわするような、泣きたくなるような……少し怖いような。

睡眠不足がたたって、自律神経がおかしくなっているのだろうか。そんなことを思った時だった。

「ただいま」

「……っ!」

表玄関の方で、穏やかな声がした。

張りのある、落ち着いた声だ。それでいて、少し茶目っ気のある、若々しい声。この声の持ち主を、修は一人しか知らない。

「……裕之」

気づいた時、修は夢中で駆け出していた。水浴び途中の髪をきちんと拭きもせず、一直線に玄関を目指す。

「ひ、裕之！」

「兄さん」

飛んできた修を見て、一瞬目を丸くした青年がくしゃりと顔全体で笑った。修より少しだけ背が高い、精悍な容姿の軍人だ。ピンと伸びた背は記憶の中の「彼」と同じだが、頬は少しこけていて、離れていた月日の長さを感じさせた。

「……あ」

何か言おうとしたが、修は直前で口ごもった。色々と話したいことが多すぎて、口から言葉が出てこない。まごつく修を前にして、青年、裕之はふっと親しげに目を細めた。

「兄さん、やつれてないか？　ちゃんとメシ食うてるか」

「……アホ、こっちの台詞《せりふ》や」

どう返せばいいのかわからず、修は思わず苦笑した。その会話一つで、離れていた時間が溶けて消えた気がした。

る。


「お帰り」

がしっと肩を抱き合った時、家の中で慌ただしい足音が聞こえた。切迫した修の声が聞こえたのだろう。すぐに、転がるようにしてフミと世津が出てくる。

「裕之兄ちゃん！」

「裕之……！」

裕之は世津がいたことに少し驚いたような顔をしたものの、すぐに片手をまっすぐ伸ばし、額につけて敬礼した。

「お母さん、世津ちゃん！　ただいま戻って参りました」

「……っ、ああ」

フミが裕之に手を伸ばしかけ、不意によろよろとその場に座り込んだ。肩で大きく息をしながら、彼女は懸命に我が子を見上げる。その目にふわりと涙の膜が張った。フミは唇を震わせ、

「痩せたな……」

「大丈夫や」

安心させるように裕之が笑っても、母は彼から目を離さない。瞬《まばた》きしたら息子が消えてしまうと恐れているように、じっと見つめ続けている。

――どんな時も凛《りん》としていた母がこんな風になるとは。

その身体を支えながら、修は母の胸中を思った。


その夜、石村家は沸き立つような喜びに包まれた。兵服を脱いだ裕之が居間に座し、ぐっと酒杯をあおる。

「ほら」

「ああーっ、うまい！」

あっという間に空になった杯に、修は笑いながら酒を注《つ》ぎ足した。全く、気持ちがいいくらいの飲みっぷりだ。

素直に杯を差し出した後、今度は裕之が酒瓶に手を伸ばす。

「兄さんも」

「俺はいい。弱いの、知ってるだろう」

「そうか？　酒が貴重品やから遠慮してるだけなのは知っとるけど」

「……う」

「相変わらずやなあ。ちっとも変わってへん」

「お前はちょっと変わったな」

居間の隣にある台所ではフミと世津が盛んに料理を作っていた。カボチャや根菜、少量の肉に、小麦粉を水で溶いたもの。

天ぷらだ。

修も裕之も大好物だが、戦争が始まるとともに揚げ物は食卓から姿を消していた。フミは貴重な油を節約し、煮物や蒸し物を多く作るようになっていたが、さすがに今日は解禁らしい。

(最後に食べたのは……)

確か裕之が出兵する前日だ。

もう一年以上前、父親の後を継いで軍人になると言った裕之を母は黙って見送った。応援していたわけでも喜んでいたわけでもないだろうが、フミはそういう女性だ。修たち子供が自分で決めたことを認め、いつでも送り出してくれた。

(でも、多分止めたかったはずや)

隣の部屋に置いてある仏壇の前で、何度もじっと座っていた背中を思い出す。戦場で散った夫の写真を見据え、胸中で何かを話しかけていたように見えた。息子を守ってくれと頼んでいたのか、「あなたが軍人だったせいで」となじっていたのか。

「いつまでおれるんや」

修は再び酒瓶を差し出しながら裕之に尋ねた。

「もしかして、もうずっと……」

「八月には戻る」

「……そうか、あっという間やな」

「部隊が配置換えになったんや。それで、この機会に肺をしっかり治してこいと軍医殿が言うてくれた」

「肺⁉　大丈夫なんか」

「ああ、元々たいしたことないんや」

「それならええけど……」

――いっそこのまま重症ということにして、家にいたらどうや。

そんな言葉が口から出そうになり、修はぐっと唇をかみしめた。国民が一丸となり、勝利に寄与せよという空気の中、そんなことはとても言えない。台所で二人の会話を聞いていたフミが、はっきりわかるほど肩を落とした。

「そうか、ふた月か……」

「それまではのんびりできるから」

顔を台所の方に向け、裕之がなだめるように言った。世津はフミに共感するように複雑な顔をしていたが、結局明るくフミの肩を叩く。

「フミさん、大丈夫。ふた月したら戦争が終わってるかもしれません」

「世津ちゃん……」

「先のことはどうなるか、わからへん。明日、修兄ちゃんがものすごい研究を成功させてくれるかもしれんし」

「お、俺？」

急に話を振られ、修はうろたえた。そこに、じとっとした目をした世津がやってくる。手にした大皿からほかほかと湯気が立ちのぼっていた。

「大事な実験してるんでしょ？　聞いても、全然教えてくれんけど」

「それはそうや。部外者には秘密にせな、あかん」

「毎日毎日、朝にふらふら帰ってきて、昼頃にはまた出て行っちゃう。フミさんがいくら心配しても、全然聞かん。筋金入りの頑固者や」

「そら兄さんが悪いな」

「裕之まで！」

「研究もいいけど、ご飯だけはちゃんと食べてくださいねっ」

「……はい」

ドン、と机に大皿を置く世津に言い返せず、修は小さくなってうなずいた。科学の知識がいくら同学年の青年と比べて秀でていても、世津には言い負かされっぱなしだ。口が達者というより、頭の回転が速いのだろう。十六歳で高等女学校を卒業した後、世津はすぐ働き始めた。近所の小学校で子供たちが授業を始めるまでの手伝いや礼儀作法の補助をしていたそうだ。そして小学校が閉鎖され、子供たちが地方に学童疎開してしまった後は軍需工場でバリバリ働いている。ポンポンと言葉が出てくるのは、周囲のことをよく見ている証拠だろう。

「ははは っ」

不意に裕之が笑い出した。一体どうしたとぎょっとする修と世津を交互に見つめ、彼はにんまりと目を細めた。

「世津、ええ嫁さんになったのう」

「よめ……っ、ち、違うわ！」

「そや。強制疎開で、清三さんと離れにおるんや」

「なんや、そうか。俺はてっきり兄さんの……」

「もうやめて！」

呆《あき》れたように言うと、世津は台所に引き返してしまった。入れ替わりで、フミがお盆を手にやってくる。

「ほんまにお嫁さんやったらよかったのになあ」

「もう、フミさんまで！」

再び戻ってきた世津は、汁物の椀《わん》を載せたお盆を持っていた。フミと二人して、思った以上に腕を振るってくれたようだ。

「さあさあ、食べましょ」

食卓にはからっと揚がった馬鈴薯《ばれいしょ》の天ぷらに大根の味噌汁《みそしる》。そして魚介や干し椎茸《しいたけ》を酢飯に混ぜ込んだばら寿司が並んだ。

味噌汁は薄く、寿司も大根の葉や馬鈴薯の蔓《つる》で水増しされている。それでも米や味噌だけではなく、醤油《しょうゆ》や塩、砂糖に至るまで配給制の今、飛び上がるほどのごちそうだった。

「おおお！」

これには修も裕之も歓声を上げた。ほこほこと湯気が立ちのぼるたび、白米のふんわりと甘い香りが居間に広がる。それに香ばしい天ぷらの匂いと、温かい味噌汁の匂いが絡み合うと、口の中にどっと唾液があふれた。

「これや。こういうのが食べたかったんや」

小躍りせんばかりに喜ぶ裕之に、つられて修たちも笑顔になった。帰ってきてから、どこか拭いきれない陰があるように見えた裕之が戦争に行く前に戻った気がする。

「裕之兄ちゃん、こっち食べて。揚げたて」

ニコニコしながら、世津が大皿を回し、湯気が立っている天ぷらを裕之の方に向けた。

「レンコンとサツマイモの天ぷらや」

「それは世津が食わんと。好きやったやろ。昔は俺の皿にまで手を伸ばして……」

「もう！　いつの話をしてるの！」

頬を染め、裕之の肩を押して抗議する世津に彼もまた声を上げて笑った。世津を見る彼のまなざしは柔らかく、温かい。

裕之はまるで太陽のようだ。その光に照らされ、世津たちの顔も輝いていく。

（やっぱり裕之がおらんと）

……自分ではこんな空気は作れなかった。

わずかに重くなった腹の奥の違和感を飲み込むように、修はばら寿司を口にかき込んだ。

5

ザザ、とどこかで砂を鳴らすような音が聞こえた。

昼過ぎ、通学した修はドアに手をかけたまま首をかしげた。研究室で煙草《たばこ》をふかしながら村井が真剣な面持ちで何かをしている。煙草は配給制で、贅沢な嗜好品《しこうひん》だ。気軽にスパスパ吸えるものではないはずだが。

「いるか？」

修の視線に気づき、村井が箱を差し出してきた。表面に富士山と桜の花が描かれている。

「軍用煙草やないか」

「弟が送ってきた」

「戦場に行ってるっていう弟さんか」

差し出されるまま、一本もらい、修はそれをしげしげと見つめた。あまり好んで吸うわけではないが、貴重品だと思うと、「せっかくだから」とつい手を伸ばしてしまう。

煙草をくるくるともてあそびつつ、修は机上に目を向けた。一抱えほどの機械を前に、村井はしきりにダイヤルをいじっている。

「それ、なんや？」

「ラジオや」

「ラジオ？」

「ガラス瓶にコイルを巻き付けて、簡単な鉱石探知機を設置する。それで短波電波を受信できるんや。案外なんとかなるもんやな」

「……自分で作ったんか」

「ああ」

にたりと笑う村井の横顔に、修はふと、言い知れない胸騒ぎを覚えた。

戦時中の今、市民が短波放送を受信することは政府によって禁止されている。ラジオそのものが見つからない限り処罰はされないだろうが、違法は違法だ。

(村井、最近ちょっと変や)

何がどうとは言えないが、少しピリピリしている気がする。話しかければいつも通りの皮肉が飛んでくるが、ふとした時に暗い顔をすることが増えたようだ。

村井は誰とでも臆さずに話すが、それでいてなかなか本音を打ち明けない。新型爆弾の研究で毎日十何時間も顔を合わせるようになってからは、少しずつその壁が薄くなった気がしていたのだが。

「止めても無駄や。思いつく限りのことは俺が言うたからな」

窓辺で外の様子をうかがっていた花岡が修たちの方に近づいてきた。

「全く……こんなんがバレたら、俺らまで大目玉や」

「文句言うなら、出て行ってもええですよ。その時は何が聞けても、教えませんけど」

「アホ、そんなん言われて、引き下がれるか」

毒づきつつ、花岡は勝手に村井の軍用煙草に手を伸ばし、一本拝借した。それがわかっているだろうに、村井は特に文句も言わない。この二人は顔を合わせれば口げんかをしているが、それでいて意外と気があっているのかもしれない。

「まだ木戸さんたちは来とらん。やるなら今や」

「急かさんでくださいよ。周波数合わせせんのが厄介で……おっ」
ザ、ザ、ザザザ……とラジオのノイズが大きくなり、ところどころに人の声らしきものが混ざり始める。
「……なんだこれ」

雑音が明確な「声」になって聞こえたとき、思わず修は呟いた。

『こちらVOA、ヴォイス・オブ・アメリカ』

「VOA……っ、これ、アメリカの国営放送や！」

花岡が悲鳴と感嘆の入り混じった声でささやいた。日本語で、アメリカの国営放送が流れてくる。

『沖縄に侵攻中のアメリカ軍は、二十万の兵力をもって首里《しゅり》を陥落させました。バックナー司令官は、作戦は最終局面に入った、と宣言しました。なお……』

（首里を……陥落？）

そんな話は日本の放送局では一度も発信されていない。自分たちのように違法に情報を得た者以外、誰も知らないに違いない。

（二十万人の兵力……？）

そんなにいるのか、アメリカ兵は。

日本では正規の軍人が足らず、一般市民を徴兵している。戦争が始まってからしばらくは年齢や身長、病気の有無など厳格な規定が設けられていたが、それも今では形骸化している。

それだけかき集めても、まだ足りない。町に明るい話題は聞こえず、政府は市民に「節約」と「忍耐」を強いるばかりだ。なのに、アメリカは二十万人の兵士を簡単に用意できているという。

「短波ラジオ禁止の理由はコレか」

村井がうめいた。

確かに彼の言うとおりだ。国がひた隠しにしている戦況が広く伝われば、国民は耐え抜く気力を折られてしまう。どう頑張ってもアメリカには勝てないと痛感してしまう。

そしてアメリカが狙っているのもそこなのだろう。あえて日本語でラジオ放送することで、視聴する人々の心を砕こうとしているに違いない。

（でも今、コレを聞いたのは俺たちだ）

この国で唯一、圧倒的な力を持つアメリカに対抗できる手段を持っている。いや、まだわからない。対抗できるかどうかは今後の自分たちにかかっている。

（はよ、なんとかせんと）

おそらく今、ここにいる全員がそう思ったことだろう。

何十倍の兵力があろうと関係ない。新型爆弾が完成すれば、それだけで戦局は大きく変わる。国のため、仲間のため、家族のために、自分たちができることをしなければ。


しかし物事がうまくいかない日というのは重なるものだ。焦る修たちをあざ笑うように、この日完成するはずだった新たな試作機に問題点が見つかった。

試作機がなければ実験はできない。失敗するとわかっている旧式の遠心分離機で実験することもできず、修たちは夕方のうちに帰宅を命じられた。

自分が何もせずに一日を無駄にしたような罪悪感を覚えつつ、そろそろと玄関の戸を開けた時だった。

「……?」

修は下駄箱の隅に置かれている新聞に目をとめた。

珍しい。届いた新聞は普段なら、家族全員が集まる居間などに置いてあるのに。

だが、何気なく手に取った瞬間、修はフミがあえてこの新聞を玄関脇に放置していた意味を察した。

——勇ましき若き雄、米空母一隻撃沈。

遥《はる》か異国の地で特攻に志願した日本軍の部隊が米軍の空母を撃沈した記事が載っている。軍の損傷は軽微で、最大限の戦果を上げた兵士たちの勇気と献身を讃《たた》える内容だが、その「軽微な損傷」がどれほどかは記されていない。

（きっと甚大な被害だったたんやろな）

昼間聞いたラジオの音声が耳の奥によみがえった。かけがえのない人命が毎日のように失われていくが、政府はその勇敢さを讃えるだけだ。悲しむことすら許さない、というような圧力が新聞の文面からも伝わってくる。

「……昼間もお葬式の列が通ったわ」

「世津ちゃん」

玄関に立ち尽くしていた修は廊下の向こうから歩いてきた世津に声をかけられ、我に返った。お帰り、と笑う顔はいつも通り柔らかかったが、その目の奥には悲しみがたゆたっている。

「三軒先の田中さんのところ。昨年、結婚したばかりやったんやって。奥さんが赤ちゃん抱いて、旦那さんのお母さんが遺影を胸に抱いて……見てられんかったわ」

「そうか」

「近所の人、みんな表に出て見送ったけど、どんな声をかけたらええか、わからんかった。万歳三唱で送り出しても、本人が喋らんようになって帰ってくるんだもんね。残された人たちだって、何話してええかわからん」

「……せやな」

どう返せばいいのかわからず、修はもごもごとうなずきながら靴を脱いだ。

（何か……）

世津にかける言葉があるはずだ。自分の考えもあるはずだ。

だが修が考えをまとめる前に、居間から張りのある声がした。

「お国のため、立派に戦って散ったんや」

「裕之」

戦地から一時的に帰ってきたあと、裕之は肺の療養もかねて、基本的には家にいる。配給品の入手や買い出しなどの力仕事、家でフミの手伝いをして日々を過ごしているらしい。

何をするにも嫌な顔一つせず、進んで働く裕之のおかげで、台所の棚が直っていたり、玄関脇に放置されていた置き石が撤去されていたり、と毎日家の中に変化がある。

彼もまた葬列を見送ったのだろうが、その目に悲しみはない。仲間を誇りに思っているのか、力強い笑みを浮かべるばかりだ。

「讃えてやらんと田中さんも浮かばれん。そうやろ」

「あ、ああ……」

「残された人らにできることは、ちゃんと前を向くことや。田中さんの奥さんはしっかりしてたわ。義母《おかあ》さんと力を合わせて子供を立派に育て上げる、て挨拶してた。……あ、電球あったか」

ふと裕之は強引に話題を変えた。裕之の視線の先を追い、修もやっと世津が電球を一つ、手にしていることに気づいた。

「居間の電球が切れてしもて」

修の視線に気づいたように、世津が肩をすくめた。

廊下の空気がふっと和らぐ。

……重い話題はいったんおしまい。

裕之と世津はまるで心で会話したように、二人そろって同じような笑顔を見せた。

「裕之兄ちゃんがやるって言って、聞かんの。この程度、私でもできるのに」

「テーブルに載れば、やろ。いくつになってもおてんばやな」

「なによ、それ」

抗議しながら世津が裕之に駆け寄った。その手からそっと電球を受け取った裕之が世津と連れだって居間に向かう。

「…………」

後を追おうとしたが、なぜか足が動かなかった。二人の慣れ親しんだ空気の中に自分が入っていくことに気後れしてしまう。

……遠慮することない。一緒に居間に行ったとしても、二人が修を疎ましく思うはずがない。

そう思うのに、それでも足が止まってしまう。

「修兄ちゃん、少し寝たら？」

まごついている修に気づいたのか、世津が振り返った。身体の半分は居間に入ったまま、自分の目元を指でつつき、

「目の下のクマ、すごいよ。毎日お仕事お疲れ様」

「電球はやっとくから。夕飯できたら起こすわ」

「……ああ」

世津と裕之にそう言われてはうなずくことしかできない。修はぎこちなく笑いながら、二階に向かう階段に足をかけた。

『裕之兄ちゃん、椅子使う？』

『誰に言ってるんや。こんなん、手を伸ばしたら余裕や』

『ほんと、背ぇ高くなったよねえ』

そんな他愛ない会話が居間の方から聞こえてくる。耳を塞ぎたいような心地で、修は急いで二階に上がった。

（研究や）

自分にできることはそれだけだ。

実験、実験、また実験。

それがこの国の役に立つ。自分はただ、それだけでいい——。


その数日後、ようやく研究室に動きがあった。

「やっと次のができたぞ」

木戸や岡部たち助教授が勇ましい顔で研究室に入ってくる。助手の清田が一抱えほどの機械を載せた台車を引いていた。

「見た目は前回とあまり変わらないが、改良を加えてある。これで一から実験だ」

「はい！」

前回は無謀にも何の備えもせずに試作機を稼働させたため、危うく大事故につながるところだったが、今回は違う。あらかじめ試作機の周りに土嚢《どのう》を積み上げてバリケードを築き、修たちも鉄兜《てつかぶと》をかぶっておく。これで万が一、回転筒が破裂したとしても安全だ。

「バリケードできました！」

午前三時頃、ようやく実験棟で準備ができた。それでも眠いと文句を言う者はいない。

ヴヴヴ……フィイイイン。

試作機を稼働させると、空気をひねりあげるような甲高い音が上がった。どこか飛行機の離陸音にも似た騒音に誰もが少し嫌な顔をする。

「制止。百十キロサイクル」

「一万九千八百回転」

「次だ」

「はい！」

電圧を上げると、試作機はより一層高い音を上げた。

だが、もう誰もしかめ面はしない。どんな音に似ているのか、よりも遥かに重大な関心事があった。

(今回は大丈夫やろうか)

前回の試作機は一分間に一万四千回転を超えた辺りで火を噴いたが、今回はまだ持ちこたえている。

「二万……二万五千……」

回転数を読み上げる修の声が興奮でうわずった。修だけではない。そこかしこで、お、お、と感嘆の声が上がる。

今回は行けるかもしれない。皆がそう思った瞬間、試作機がガタガタと震え始めた。

「停止！」

木戸の指示で、修は慌てて電圧を下げた。震動をやめた試作機からはこの日も煙が立ちのぼっていたが、遠心分離機から金属筒を取り出した花岡はホッと息をつく。

「回転子は持ちこたえたみたいですね」

「二万回転も超えられた。大分進歩しとる」

「だが、まだ摩擦が問題や。これをなんとかせんと」

難しい顔をした助教授たちが視線を交わしてうなずいた。

「針の素材も変えてみよう。それでまた変わるかもしれん」

「急ぐぞ、今夜中にもう一度実験や」

皆が慌ただしく準備しかけた時だった。

――ウウウウウウーッ！

外でけたたましいサイレンが鳴り響いた。

空襲警報だ。皆、天敵ににらまれたようにその場に立ちすくみ、屋外に設置されたスピーカーをじっと見つめる。

先月、京都御所に爆弾が落ちた。正確な被害のほどは伝わっていないが、これまでにも四度空爆があり、死者も出ている。いつまた次の攻撃があるかわからない。次こそは自分たちの真上から焼夷弾が降ってくるかもしれない。そしてそれは、これまでにない被害を生むかもしれない……。

「先生を頼む!」

素早く研究室の方へ向かい、部屋の電気を消した木戸が指示を出した。荒勝は今、ここにはいない。自分の部屋で海軍に急かされた実験報告書をまとめているはずだ。堀田がタタッと素早く部屋を飛び出し、残った面々も実験結果を記したノートをかき集めた。

「…………」

皆が大学の地下にある防空壕へと向かうのを視界の端で捉えながら、修はどこか別の世界の騒動のように感じていた。

(前回より、回転数は倍近く上がってた)

頭の中は実験のことでいっぱいだ。

金属筒を手に取り、観察する。焼けて黒くなった部品、溶けて変形した部品。そして……無事な部品。部品を見れば、起動中の分離機に何が起きていたのかを読み取ることができる。どこに負荷がかかっていて、どこを改良するべきなのか。

まだできる。やるべきことは山ほどある。ここで失敗の原因を突き止められれば、次こそは……。

「おい修、行くぞ！」

避難しかけていた村井が声を荒らげたが、その声もまた修には届かない。

「俺らはまず実験ノートの確保や！」

花岡が村井の肩をつかんだ。

「万が一、これが燃えたら、全部終わりや。行くぞ！」

「……はい」

「修、はよ来いよ！」

二人の足音が遠ざかってもなお、修は分離機のことを考えていた。

かき集めた部品を机に並べ、椅子に座る。部屋の明かりが漏れないよう、手元の電灯に布をかぶせたが、それだけだ。わずかな明かりの中で部品を一つ一つ、念入りに調べ始める。

――ズ、ズン。

遠くの方で爆発音が聞こえ、足下が地震のように不気味に重く揺れた。

(今回の試作機は悪くなかった)

部品を調べても、致命的な不具合は見当たらない。

今回も前回同様、カギは「摩擦」だ。遠心分離機内に設置した金属筒を支える軸……ここが高速回転する際の摩擦熱に耐えきれないから、回転数が上がらないのだ。

（もっと軸の強度を上げな、あかん。……けど、軸を太くしたら摩擦が生じる部分が広がるだけや）

課題は「いかに細く、強い軸を作るか」だ。その両方を兼ね備えた軸でなければ、この先には進めない。

（超々高速回転する回転体……そう、コマみたいな……そういうものができれば……）

つらつらと考えながら、修はふと手元に目をとめた。数日前、村井からもらった軍用煙草が机上に置きっぱなしになっている。ありがたく手に取り、火をつけた。

「ふー……」

肺まで吸い込み、煙を吐き出す。すうっと脳が冷え、思考が鮮明になるような感覚がした。このあからさまな変化がどうにもなじめず、積極的に喫煙する気にはならないが、今は煙草の力を借りてでも、思考を掘り下げていきたかった。

（コマ……コマか）

今、唐突にコマのことを考えたのは、きっと何か意味があるはずだ。ただの偶然ではなく、無意識に何か共通項を感じ取っていたに違いない。

（コマ……）

コマと聞き、修が思い出すのは遠い昔の記憶だ。

あれは六歳か七歳頃だっただろうか。石村家の庭で修は二歳下の世津とコマを回して遊んでいた。まだ世津の両親は生きていて、戦争の気配のない、平和で穏やかな日々だった。

『修兄ちゃん、うまい』

修がコマに巻き付けた紐を勢いよく引くと、世津が楽しそうに手を叩いてはしゃいだ。高速回転するコマは安定していて、まるで細い軸だけでピタリと静止しているように見える。

それが実に不思議だった。なぜ回っているコマは倒れもせず、こんな風に安定しているのだろう。

……気になる。気になる、気になる。

修は小さな頭を疑問でいっぱいにしながら、じっとコマを見つめた。

回転が弱まると、コマはふらふらと揺れ始め、やがて止まった。

……なぜだ。

修は夢中でコマに飛びつき、もう一度紐を巻き付けて、引いた。再び高速回転するコマを見つめ、その神秘を解き明かそうとした。

……とその時だ。

『修兄ちゃん、勝負！』

威勢のいい声とともに、修のコマの近くで別のコマが回された。

『あ……』

裕之だ。彼のコマは修のコマよりずっと力強く回転している。

彼が二つのコマを紐で囲い、ゆっくりと輪を狭めていくと、コマ同士が激しくぶつかった。

カツン、カツンと弾きあう二つのコマ。

やがて……修のコマが失速して地面に転がった。

『やった！』

裕之が飛び上がって喜んだ。無邪気に、純粋に。

――太陽みたいだ。

純粋に勝敗を楽しむ裕之を見て、ふとそんなことを思った。いつだって頭上で輝く太陽に目を焼かれ、修は下を向いてしまう。

裕之は修のそばを離れ、世津の手を引いた。

『世津、勝負や！』

『うん！』

新たなコマを手渡された幼い世津が張り切ってコマに紐を巻き付け始めた。先ほど、修の回すコマを見ていた時よりもずっと楽しそうだ。

裕之と一緒にいる時の世津はよく笑う。元気いっぱいに、楽しそうに。

それは当然だと思う。何か気になることがあるたび、すぐ一人で考え込んでしまう修と違い、裕之はいつだって世津をまっすぐに見て、話を聞き、一緒に遊ぼうとする。

なぜ自分はああいう風にできないのだろう。なぜコマ一つ取っても、裕之に勝てないのだろう。なぜ……。

『………』

急にこの庭に居場所がなくなった気がして、修はそっとその場を離れた。自分のコマを手にして、部屋に戻ろうとする。

『修』

その時、縁側の方から声がした。夕食で使う豆をザルの上でより分けていたフミがこちらを見ている。

『……あ』

なぜか悪いことをしたような気がして、修はおどおどとうつむいた。そんな修にフミは苦笑し、優しく手招いた。

『どうして我慢するん？』

ザルを脇にどけ、フミは幼い修を自分の膝に座らせた。

『あんたはお兄ちゃんなんやから、遠慮することは何もないんよ』

『………』

うまく答えられない修の頭を撫《な》で、フミは明るく笑って話題を変えた。

『修はコマが好きやな』

『うん』

『コマは回ってる時は倒れへん。止まると倒れる。……なんでやろな？』

『あ……』

まさに先ほど自分が考えていたことを尋ねられ、修は弾かれたように顔を上げた。振り返り、何か言おうと思ったが、はっきりした答えがわからない。

うんうんうなる修を優しく抱きしめ、フミは言った。

『修は頭のええ子やから、きっといつかわかるはずや。大きくなったら教えてな』

『うん！』

『ほら、もっと遊んどいで』

『修兄ちゃん、こっちこっち』

その時、世津が修を呼びに来た。彼女の差し出す手を取り、修は裕之の待つ庭に戻っていく。先ほどの疎外感は春の雪のように、すっと溶けて消えていった。

――大きくなったら教えてな。

それは裕之にはできないことだ。自分だけが交わした、母との約束。

（いつか）

わかるだろうか。わかったら、真っ先に教えよう。

きっと母は、自分が喋り終わるまで、ずっと聞いていてくれる……。


「――……」

不意に意識が戻ってきて、修は目をしばたたいた。少しの間、うたた寝をしていたのだろうか。穏やかな庭の光景は消え、目の前には暗い研究室が広がっている。

「……コマ」

手元の煙草は半分以上、灰になっていた。灰皿でその火を消しながら、修はぽつりと呟いた。何かが……何かが今、一瞬閃《ひらめ》いた気がした。

だがまだ遠い。考えをまとめる前に、閃きは淡く消えてしまいそうになる。

（なんや……今、何かを……！）

衝動に突き動かされるように、修は机に飛びついた。試作機の設計図を広げ、食い入るように見つめる。

――ド、オオン！

大きな爆発音がした。窓ガラスがビリビリと震え、手元の電灯も大きく揺れる。それにもかまわず、修は設計図に線を引いた。

（実験や）

一度や二度の失敗がなんだ。五十や百の失敗がなんだ。失敗するということは、正しいのか間違いなのかわからなかった「可能性」を一つ、「不正解」の方向に決定づけられたということだ。それを何度も繰り返せば、いつか正解にたどり着く。

一歩一歩、進んでいく。諦めずに手を伸ばす。

そうして努力し続ければ、きっと……いつか太陽にも手が届く。

「何しとんや。はよ来い！」

「……っ⁉」

その時、ぐいっと後ろ襟をつかまれて、修は机から引き剝がされた。何が起きたのかわからずに振り返ると、息を切らした花岡が立っている。いつまで経っても来ない修を心配して、戻ってきてくれたのだろう。

「近くに落ちとる。もしかしたら直撃するかもしれんぞ！」

「花岡さん……でも」

「でももなにもあるか！　死んだら、大好きな実験もできへんのやぞ！」

引きずられるようにして研究室から脱出し、修は地下にある防空壕に連れて行かれた。

6

——ズン……、ズズン……。

不気味な地響きが断続的に、ずっと続いていた。

「長いですね……」

薄暗い地下で誰かが不安そうに呟いた。

地下室は二十人ほど入っても余裕がある広さだ。天井から裸電球が下がり、中央には平机と椅子がいくつか置かれていた。避難中も講義ができるよう、木戸の指示で整えたのだ。

机上に広げた実験ノートを囲んではいたが、さすがに今は皆、外の様子に気を取られていた。

「こんなに長いの、この辺では初めてやないですか。どこに落とされとるんや……」

「わからん。だがもし三月に東京の方であったみたいなやつやったら……」

「あんなんがあったら京都は壊滅や」

「母さんら、ちゃんと避難しとるやろか……」

ぼそぼそとあちこちでささやき声が聞こえた。声を抑えているつもりだろうが、狭い防空壕内では皆に聞こえる。

喋る者、膝を抱えて押し黙る者、鳴り続ける地響きに耳をすませる者……。

研究者たちの反応は様々だが、どの顔にも焦りとおびえがにじんでいた。

「……こんなこと、しててぃいんでしょうか」

その時、ぽつりと村井が口を開いた。外の爆撃音に耳をそばだてていた助手の清田が眉をひそめる。

「なんや」

「やられっぱなしやないですか。相手が攻撃してきたら慌てて逃げて、外が静かになったら、穴蔵からのそのそと這い出して」

「そんな言い方はよせ」

「民間人は逃げるしかない。それでいて戦場では毎日、バタバタ兵隊が死んでます。食料も弾薬もない中で」

「村井」

「我々にできること、あるんやないですか？　なかなか進まない研究よりも、すぐにでも役に立つモノを考えた方が……！」

以前、こっそり聞いた短波ラジオの情報が頭に残っているのだろう。村井の声には焦燥感がにじんでいる。

アメリカと日本の圧倒的な兵力差。政府が公開しない絶望的な状況。

誰もが内心感じていたことをはっきりと言葉にされ、周囲の空気が張り詰める。

清田は顔をこわばらせつつ、どこか現実逃避するような声音で村井に言った。

「ヤケを起こしたらあかん。遠心分離機の回転を上げられれば、きっとウランの濃縮はできる。ウラン濃縮ができれば、その先は簡単に進展するはずなんや」

「前も言いましたけど、理論上は、ですよね、それ。間に合いますか、この戦争に？　もう時間なんて、どれだけあるかわからんのに」

「そのためにみんな、頑張っとるんやないか」

「第一、肝心のウランはどうなんです。核分裂反応するのはウラン２３５だけや、言いましたよね。でもそれ、ウランの中からほんのわずかしか取れん、と」

「それは……そうやが」

「新型爆弾を作るためには、どれだけのウラン２３５が必要になるんです？　それを集めるために、硝酸ウランはどれだけ必要なんです？　十分な量が確保できる見込みはありますか？」

「……それは」

「修、どうや！」

急に話を振られ、隅の方で黙っていた修はうろたえた。

皆の視線を受け、うなだれながら小声で呟く。

「この前、窯いそさんに五キロほど分けてもらったきりです」

「ははは、五キロ、て」

「……そんなレベルやない。何トンも必要や」

助教授の岡野が力なく首を振る。望んだ言葉が返ってきたと言いたげに、村井の目が暗く光った。

「今の日本の、どこにそんなにありますか？」

「ならどうする、諦めるか！」

「あの、思ったんですけど」

村井につかみかかろうとした清田を止めつつ、花岡が言った。普段は彼も村井に憎まれ口を叩かれることが多いが、今日は違う。ともにラジオの放送を聞いた者同士、通じるものがあるのだろう。

「アトミックボム以外にも海軍から依頼のあった、電波銃の研究を復活させたらどうですか」

苦々しい顔で岡野が首を振る。

「あれも理論的に可能だというにすぎん。難易度はアトミックボムと同じや」

「じゃあ他に何か……」

「みんな、ちょっと待て。話がずれている」

ずっと黙っている荒勝教授の方を気にしつつ、木戸が焦ったように皆を見回した。

「どの武器なら開発できるのか、なんて話をしてどうする。我々が核分裂の研究をしているのは海軍に言われたから、というだけじゃない。物理学を志す者にとって、核分裂はもっとも重要なテーマだからだ」

「木戸さん」

「ウラン濃縮はそのために避けて通れない。いい結果が出ないからといって、別の兵器開発に切り替えればいいという話じゃないんだ」

「でも」

「いいか、我々は科学者だ。五十年先、百年先を見越して学問しなければならない！」

「…………」

普段は冷静な木戸の熱のこもった弁舌に、学生たちは気まずそうに目を伏せた。

平時なら、この木戸の言葉は皆の心を打っただろう。確かにその通りだ。我々は日本の未来のために、名誉ある研究をしているのだと思い直すことができたかもしれない。

「でも今は……」

花岡が悔しそうに唇を噛んだ。木戸の言葉を頭では理解できても、胸が震えないのだ。

「今は、そんな理想論だけでは……。今も戦場におる仲間のことを思うと、こうしてぬくぬくしとるのも気が引けるというか。……俺なんか、大して役に立ってへんし」

「何を言うか。君たちが将来、この研究室を支えるんじゃないか。気概を持て！」

「ですが……」

「花岡さんの言う通りです、木戸さん。なぜ自分たち理科系学生が徴兵を免除されているのか、我々はみんな知ってます」

村井がぐるりと地下室を見回した。

「こういう研究ができるからです。戦場に行って敵を一人殺すより、もっと大勢の敵を殺せる兵器が開発できるからです。望まれた役目を果たさんで、戦場にいる仲間に顔向けできますか？　みんな、我々の研究が成功する日を今か今かと待っているのと違いますか？」

その目は薄暗い闇の中でらんらんと光っている。

（こんな目をする男だったか？）

最近の村井はどこかおかしい、と少し前に思ったことを修は改めて思い出した。彼は確かに皮肉屋だが、ここまで攻撃的な発言をしたことはなかったのに。

「あの……ず、ずっと考、えてることが、あります」

その時、言いにくそうに堀田が口を挟んだ。暗い地下でも分かるほど彼の顔色は悪い。つっかえつっかえ何度も詰まりながら、堀田はなおも言葉を続けた。

「科学者が、兵器を作る、ことについては皆さん、どう、お考えですか。……原子核爆弾というのは他のどの兵器と比べても、殺傷力は桁違いのはずです」

「……まあ概算やが、サンフランシスコなら二十万人は死ぬことになるやろ」

「三十万でした、岡野さん。私の計算では」

岡野と木戸の言葉に、修たちは絶句した。

——三十万人。

とっさにピンとこないほど、膨大な人数だ。その数の「人間」が一度の爆弾投下で死ぬということだろうか。

「……直撃を受けて亡くなる人だけやない。強力な放射線も生まれますよね」

堀田が青ざめた顔であえいだ。ぎゅっと胸元を握りしめた時、どこかでチャリ、とかすかな金属の音が鳴る。

堀田がいつも首から下げている十字架だ。

堀田はそれを手のひらに食い込むほどきつく握りしめ、声を震わせた。

「放射線で汚染された土地はどうなりますか。即死しなかった人たちは？　その中に妊婦がいたら、その子供は？　我々が……我々が、作ろうとしているものは、そういう……」

「相手はアメリカ人や。気にすることはない」

助手の清田が吐き捨てるように言った。えっ、と思わず修が声を上げると、清田は我に返ったようにハッと息をのみ、ばつが悪そうに目をそらす。

（清田さんは……いい人や）

三十歳を超えているが、年下の修たちに理不尽な命令をすることもなく、居丈高に振る舞うこともない。助教授の木戸も岡野も清田に全幅の信頼を寄せているし、修たちも彼を慕っていた。

その清田の口から、当たり前のように出た言葉が信じられない。

「ほんなら、それをもしアメリカが日本に対して使ったら……」

花岡が恐怖のあまり、声を震わせた。

「同じものを開発してるんや。向こうが先に成功したら、躊躇《ちゅうちょ》なく落としてくるんやないですか。『相手は日本人や。気にすることない』言うて」

「……それは」

「この京都なんて、一瞬で更地になるんやないですか。ご先祖さんから受け継いだ土地も建物も……歴史も一瞬でのうなって、ここは死の町になる。そんなもんをお互い、先を争うように作ってるんですか」

「そうされるのが怖いから、先に開発しようとして躍起になってると違いますか。殺される前に殺すしかないって両方が思っとる」

堀田が泣きそうな顔で皆を見回した。

「研究を続ければ続けるほど、アメリカを刺激する。……我々はそれに加担して、ええんでしょうか」

「滅多なこと言うな、堀田！」

「もう作らん、言えば……こっちが作らんと言えば、向こうも開発をやめるんやないでしょうか。そ、それが一番この国のために……」

「黙れ、言うとるのがわからんか！」

清田が立ち上がって一喝した。

「そんなこと、今考えても意味ないやろ。我々が研究をやめたら、相手がやめる保証がどこにある！」

「ですが……」

「ええか、我々は原子核爆弾でアメリカを潰す。そうすれば、この下らん戦争を終わらせることができるんや」

「でも……でも」

「……俺は弟を殺されました」

その時、村井が低い声で言った。

「先日骨になって帰ってきました。立派に戦って散ったそうですわ」

「弟さん、亡くなったんか……」

「じゃあ……それじゃあ、あの煙草は」

「骨と一緒に送られてきたやつや」

青ざめる花岡と修に、村井は自虐的に唇の端をつり上げた。

(……これか)

村井の様子がおかしかった理由は。

違法とされている短波ラジオを作製し、弟の遺品になった煙草をふかしながら、彼は一体何を考えていたのか。

「俺は弟を無駄死ににさせとうない。敗戦なんてごめんや。……堀田、お前も確か兄貴を亡くしたんやろ」

「それは、そうや。……でもそれはただの復讐やないか！」

「悪いか！　やられっぱなしじゃ収まりがつかん！」

「お前ら、やめんか！」

つかみ合いが始まる寸前、花岡が堀田と村井を引き剝がした。騒然としかけた防空壕内で、木戸が疲れたように首を振る。

「我々がやらなければアメリカがやるだろう。アメリカが作れなければ、ソビエトが作るだろう。もう話し合いじゃ解決できないところに来ている。最初に原子核爆弾を作った国が世界の運命を決めるんだ」

はあ、と彼は大きくため息をついた。この数分で一気に何十歳も老けたような、重苦しいため息だった。

「すみません、荒勝先生。こんなところをお見せして」

「いや、大事な議論や」

深々と頭を下げた木戸に、荒勝は軽く首を振った。彼だけはこんな時でも、いつもと何も変わらない。学生たちが口にしたことなど、彼はもう何年も前から、何百回と自問自答してきたのだろう。

自分の研究してきたこと。政府に強いられていること。やらなければならないこと。そして……自分が目指しているもの。

全てを自分に問いかけて、問いかけて……そして向き合い続けてきたのだろう。

「みんな、この戦争はなぜ始まったんやろ?」

荒勝が穏やかに口を開いた。決して声を張ったわけではないのに、誰もが悪夢から覚めたような顔をする。激高していた学生たちも皆、大人しく荒勝に向き直った。

「エネルギーや。土地も、鉱物も、その一つや。エネルギー資源を求めて、人は戦争をする。先の大戦もそうやった。きっとこの先も同じことが起きる。起き続ける」

「…………」

「だがもし我々が核分裂をコントロールし、そのエネルギーを自由に使うことができるようになったら、どうなると思う？　人類のエネルギー問題は永久に解決するはずや」

「永久に、ですか」

「そうすれば戦争はなくなる」

荒勝の言葉に皆、大きく目を見開いた。

（永久に？）

それは思いも寄らない考えだった。

あり得ない。仮にエネルギー問題が解消されたとしても、ヒトは別の理由をつけて戦おうとするはずだ。頭の隅でそんなことを思う自分がいる。

それでも「もし」と考えてしまう。もし本当に荒勝の言う通り、戦争がなくなったら。物理学が、そんな未来を作るのだったら。

「わしもこの戦争に大義があるとはとても思えん。でも今、日本は戦争をやっとる。それはどうしようもない事実や」

それなら、と荒勝は熱を帯びた声で続けた。

「わしは世界を変えたい。世界を変えるために科学をする。原子核物理学をやる。おそらくアインシュタインも同じことを考えてるやろ。世界中の原子核物理学者が、世界を変えようとしのぎを削っとる」

「そ……それが我々の戦争ですか、先生」

全速力で走った後のように、修は息が乱れた。

「人を殺すためではなく、世界を変えるために、僕たちは」

「わしはそう考えとる」

「……っ」

「どうや、夢物語か？　でも科学者が夢を語らんでどうする？　君らも夢を持って、ここに来たんやろ」

「……は、はい」

「なら今、やれることをやらんと」

「はい！」

──自分たちが今、やれることをやる。未来のために。

そう考えられたことで気持ちが楽になったのだろうか。その瞬間、ふと修の頭に何かが閃いた。地下に避難する前、形になりそうでならなかった閃きの正体が今、唐突に形を作った。

「──あの、ちょっと考えたんですが」

「どうした。次はお前か、石村」

晴れ晴れとした顔で清田が茶化した。それでも堀田の意見を切り捨てた時とは違い、言ってみろ、と促してくれる。

「今までの実験ではずっと『摩擦』が問題でした。どんなに軸を強化しても、金属筒を高速回転させた時の摩擦で焼き切れてしまう。遠心分離機の方が摩擦熱に耐えきれない」

「ああ、それが課題や」

「ならばいっそ、浮かせてしまうのはどうでしょうか」

「……は？」

修の言葉に、研究員たちは皆ぽかんとした顔になった。困惑しつつ、助教授の岡野が首の後ろを揉む。

「金属筒を空気圧で浮かせることなら、これまで散々考えてきたやろ。だが、回転の動力を正しく与えるためには、どうしたって筒を固定せんことには……」

「そやないんです。浮かせるための空気圧を、そのまま動力にするんです」

「何を寝ぼけたことを」

あちこちから失笑が漏れた。自分より経験も知識も豊富な助教授たちに苦笑いされ、修は急に気恥ずかしくなる。

……見当違いな発言だっただろうか。先ほど閃いた時は、これならばいけるかもしれないと思えたのだが。

「描いてみなさい」

しかし荒勝だけは笑わなかった。学生を前にした時の顔ではない。同格の研究者と対話しているような真剣な顔で、置いてあった黒板を指さす。

それに勇気をもらえた気がして、修はチョークを持って黒板に飛びついた。

「まず、今まで円筒形だった金属筒をこう……コマのようなカプセルにします」

「凸」の字を逆さにして、突起部分をとがらせる。

「その上で、側面に斜めに溝を刻みます」

回転体の側面に斜めの線を何本も引いた。

「そして回転体の側面の溝に向けて圧縮空気を当てることでカプセルが浮き、しかも回転の動力になります。こうすればカプセルはどこにも接しないので、摩擦力を最小限にすることができるはずです」

「な……っ！」

誰もが食い入るように修の描いた図形を見つめた。

複雑な理論や計算式は何もない。単純化した図形一つで、今まで誰も想像しなかった可能性を提示できている。

「……ということを、考えたのですが……」

静まりかえった室内に不安を覚え、修はおどおどと尋ねた。

「どうです?」

図形を凝視していた岡野と木戸が視線を交わす。

「行けるかもしれん。成功すれば、今までの常識を覆すかも……。問題は回転体のブレをどう抑えるか、やな」

「設計図に起こしてみよう。岡野さん、計算してくれますか」

「よっしゃ! 石村、手伝ってくれるか!」

勢いよく立ち上がった岡野を前に、修は反射的に背筋を伸ばした。

「はい!」

「計算は得意か!」

「い、いえ……」

急に声が小さくなる。

そこかしこから笑い声が漏れた。嘲笑ではない。温かく、仲間を肯定する笑い声だ。

「石村が得意なんは実験や。実験やったら何日でも徹夜でやりよる」

「はい、清田さん!」

「でも計算も覚えとけ。俺が手伝《てつど》うたる」

「ありがとうございます!」

彼らを見て、荒勝が満足そうにうなずいた。

「大体のプランができたら見せてくれ、木戸くん」

「わかりました」

ようやく外では敵機が京都上空を飛び去ったようだった。空襲警報解除のサイレンを聞き、皆が持ち込んだ実験ノートを再び抱え、外に出て行く。

その際、皆がトン、トン、と追い越しざまに修の肩や背中を拳で叩いていった。

「……っ」

じわりと喜びが胸に広がる。

――この火は消えない。

自分たちの研究はこの国の未来のためにある。

(俺たちが、未来を作るんや)

7

修の周りはにわかに慌ただしくなった。

新型の遠心分離機を考案したとは言え、それが即、形になるわけではない。圧縮空気を利用して金属筒を高速回転させることは可能なのか、分離機の構造は理にかなったものなのか、必要な資材は何で、果たして強度は持つのか……。

毎日、様々な角度から考証と計算を行い、盛んに意見を交わして、ぼんやりとした「発想」を一つの「形」にしていく。研究室の大机はあっという間に山のような論文や書類で埋まり、コップ一つすら置けなくなった。

「ありました、バージニア大学の論文です！」

ある日、雑然とした研究室に、堀田が駆け込んできた。手に分厚い紙の束を持っている。岡野が首から下げた手拭いで顔を拭いながら、ねぎらうように堀田の背中を叩いた。

「あったか！」

「はい、ビームス教授の」

「あの人のなら、あるいは……。探してくれ、回転子のことがどこかに書いてあったはずや」

京都帝国大学の図書館にはまだ何の制約もなく交流できた時代の、各国の研究者が書いた論文が収められている。その中の一人、アメリカの物理学者ジェシー・ウェイクフィールド・ビームスの論文を堀田が膨大な書籍の中から探し出してきたのだ。

ビームス教授は圧縮空気をコマに当てて高速回転させる技術を応用し、連写できる高速カメラを製造した人物だ。原理は今、修たちが作ろうとしている遠心分離機とよく似ている。

「あと湯浅《ゆあさ》さんの材料力学、あるか」

少し離れたところから木戸が駆け足で近づいてきた。

「設計段階で、ちょっと確認しておきたいことがある」

「荒勝先生の部屋にあったんちゃいますか。ちょっと行ってきます」

ぱっと清田が反応し、身を翻して部屋を出て行く。

誰も彼も、少しもじっとしていない。停滞しかけていた研究の遅れを取り戻すように、寝る間も惜しんで研究室にこもっていた。

「おい、石村！」

必死に黒板に向かっていた修に、その時岡野がめざとく声をかけた。大股で近づき、びっしりと書き込まれた計算式の一箇所を指で叩く。

「まちごうとるやないか。ちゃんと計算せえ」

「は、はい！　……どこが、でしょうか」

「右辺が無次元なんやから、左辺がこうなるわけないやろ。次元を考えろ。湿度と圧力は変わっとるんよ」

「あっ……はい！」

「全く……お前は今まで何を習ってきたんや」

「すみません！」

呆れ顔の岡野に頭を下げつつ、慌てて黒板の文字を袖口で消す。黒板消しはすぐ近くにあったが、使う手間が惜しい。

「みんな、少し休憩や」

荒勝が大きな鍋を持ってきた。蓋を開けると、湯気とともに甘い米の香りが漂ってくる。ほとんどが水や根菜の類だが、れっきとした雑炊だ。

「おおーっ、いただきます！　おい、よそえ！」

「いただきます！」

鍋を囲み、勢いよく雑炊を口にかき込む面々を尻目に、修はまだ計算式と格闘していた。岡野に注意されたところは直したが、途中でよくわからなくなってしまった。

（どうしよ）

しばらく一人で考えたがお手上げだ。

「す……すみません！　教えてください」

意を決し、皆に向かって声を張り上げる。なんだなんだと振り返る仲間たちの前で、修は赤くなりながら肩を縮めた。

「ここの、LとLダッシュの求め方がわかりません……」

「なんでやねん、簡単やろうが」

タン、と椀を勢いよく机に置いた花岡が素早くやってきた。

「ここや、ここ。まず数字を入れろや」

「あっ、そうか、数字……」

クスクスと笑いながら、堀田も後を追ってきた。

「ここに……そう。……それを入れると、こっちが求められるから、R二乗、プラス、括弧Zマイナスになって……」

「えっと、あーるじじょうぷらす……」

苦手な計算に悪戦苦闘する修を、村井もニヤニヤ笑いながら見守っている。そんな学生たちを見て、荒勝が笑みを深めた。

「ええチームや」

「ですね」

「まだ危なっかしいですけど」

木戸と岡野が同意する。彼らの声を聞きながら、修も胸中でうなずいた。

……胸が熱い。

感動、とはまた違う気がする。瞬間的に燃え上がる感情のうねりとは違い、「ソレ」はもうずっと昔から修の胸で燃えている。

……一つ、気になることができた。その答えを知った。さらにその先が気になった。そうやって知識が身につくほど、その先に知りたいことが現れる。それに手を伸ばし、つかんだかと思えば、さらに新鮮な謎が見つかるのだ。

終わりはない。だがそれが途方もない喜びだった。

『答えなど最初からない』

ふと、心の中で声がした。英語を喋る、落ち着いた声。自分自身の声のようにも、外国の物理学者の声のようにも聞こえた。

天才的な頭脳を持ち、修たちよりも遥か以前から原子力の可能性に気づいていた天才物理学者。実験を続けていると、それを通して彼と対話しているような錯覚に陥る時がある。

『正しいか、誤りか……その区別もなければ、善悪もない。この道には、ただ真理があるだけ』

(僕は、自分の知らないところへ行ってみたいんです)

その声に、胸中で応える。

(昔からそうでした。知らないことが気になります。答えを知りたくなります)

『数多《あまた》の疑問に対して、得られる解は非常に少ない』

(それでも)

黒板に向かい、不得手な計算に悪戦苦闘しながら、修はひたむきに考える。

(やめられません。科学は僕を連れて行ってくれる)

限界まで頭を使い、寝食を忘れて実験を行う。日が沈み、昇り、ようやく空気が和らぐ頃、やっとの思いで帰宅し……ぷつんと意識の糸が切れた。

「……にい、ちゃ……」

どこか遠くで、世津の声が聞こえた気がした。

*

「……うん」

目が覚めた時、修は一瞬自分がどこにいるのかわからなかった。

自分の部屋の天井が見える。子供の頃から使っている勉強机に本棚。タンスにしまうのも面倒で、棚にかけっぱなしにしてある上着も見慣れたものだ。

今朝方、徹夜続きで、もうろうとしたまま大学を出たところまでは覚えている。修だけではなく、皆もよろめきながら、それぞれの家に帰っていったはずだ。

半分眠ったまま歩いていたが、なんとか無事に帰ってこられたようだ。安堵《あんど》しつつ、そこでようやく何かを感じて横を向き……

「あ、起きた」

「うわああわっ、な、なんや！」

布団の際に頬杖《ほおづえ》をついて、じっとこちらを見ていた世津と目が合った。

悲鳴を上げて飛び起き、バランスを崩しそうになって慌てふためく。ズリズリと後ずさると、世津が笑いながら立ち上がった。

「そんなに驚かんでもいいでしょ。今朝、ふらふらしながら帰ってきたの、覚えてない？」

「お、覚えとらん」

「帰ってくるなり、玄関でバターッて倒れて、それきりや。フミさんがいくら揺すっても起きんし、裕之兄ちゃんが二階まで運んだんよ」

「そうやったか……」

「すごく頑張っとるなって、裕之兄ちゃん笑ってたわ」

「…………」

「すぐ研究室に戻るよね？　お芋さん蒸《ふ》かしたの、置いといたから」

世津の言う通り、机の上に包みが置いてあった。

戦争が始まった頃から米や味噌、砂糖や醤油などの食料品は配給制になっていたが、最近はますます入手が困難になってきた。最近では穀類全般が手に入らず、芋やトウモロコシが主食になっている。

修もサツマイモは食べ飽きていたが、贅沢は言えない。誰もが我慢している中、自分のためにこうして食事を作ってくれる母や世津には感謝の思いしかない。

「ありがとう」

ぺこんと頭を下げると、世津がおかしそうに笑った。

「修兄ちゃん、いつもちゃんとお礼言う」

「母さんの教えや」

「そやった、そやった。フミさんは偉大やね。……身体は大丈夫？」

「大丈夫や」

そんなやりとりが疲れた心にしみこんでくる。

思わず笑みがこぼれた修の前で、世津はふと机の上に目をとめた。修が昔、愛読していた本を一冊引き抜き、パラパラめくる。

「なあ、この本も、机も、原子の集まりやの？」

「なんや急に」

「修兄ちゃんが起きるまで、ここの本、ちょっと見てたんや。難しくて全然理解できんかったけど、『何でもかんでも原子や』みたいなことが書いてあったよ」

「それがわかれば上等や」

「何でもってことは、私も?」

「そうや。『ヒト』は水素、炭素、窒素、酸素、リン、硫黄……」

「ほな私が死んだら、それはどうなる?」

「……っ」

さらりと尋ねられ、修はとっさに言葉を失った。何かあったのかと慎重に見返したが、世津はからりとしている。

「世津は死なん」

「そうやなくて。……もし死んだらってこと」

「世津が、やなくて、ヒトの話なんやな」

「うん」

世津はふっと笑ってうなずいた。

「もうじきお父さんとお母さんの命日やなあって思い出したら、気になったんや。あの時、二人とも骨になったから、ヒトは死んだら骨になるんやなあ、て思ったけど、この本には『なんでも原子や』、書いてあるから」

「そういうことか。今年も墓参り、いかんとな」

「ここにお世話になってからは、修兄ちゃんが一緒に来てくれる。お母さんたち、絶対喜んではるわ」

世津はうれしそうに、自分の首にかけていたものを外した。古びた革紐《かわひも》に指輪が通してある。

「お父さんの持ってた背嚢の革紐と、お母さんがつけてた指輪。去年の強制疎開の時、他の遺品までは持ってこられんかったから」

「大事に持っとき」

「うん、私の宝物や。これも原子なんやね」

「そうや。小さい原子が組み合わせを変えて、水になったり、二酸化炭素になったりする」

「じゃあヒトも水や空気になるの？　不思議やわ。……でも、そうか。そうやって原子はこの世界を循環してるわけやね」

打てば響くような返事に、修は思わず笑顔になった。世津が自分の話をしっかり聞いてくれる。聞いて、理解し、返事をしてくれる。

それが無性にうれしかった。

「そう、循環してる」

「原子は死なへんのやね」

「ちょっと前まではそう思われとった」

「今は違うの？」

「例えば、リチウムの原子核に陽子を打ち込むと、壊れて二つのアルファ線が出る」

「りちうむ?」

「リチウムが消えて、ヘリウムに変わるんや」

「う、うん」

水素や炭素ならなんとなくイメージできていた世津も、さすがに慌てている。

だが修は気づかない。自分の研究分野の話を世津が聞いてくれている、という思いがどんどん胸にあふれてくる。

「リチウムがヘリウムに変わる時、緑色のきれいな光がかすかに飛び出る。パチパチって火花みたいに弾けるんや。あんなきれいな色を、俺は見たことがない!」

立ち上がり、棚に置いてあった望遠鏡を手に取った。のぞいてみたが、先端が壁に向いていたからか、ぼんやりとした壁の色が見えるばかりだ。それでも修の目には、原子核反応が起きる時の光が見えた気がした。

その時の光景を思い出して、うっとりとする。

(伝えたい)

世津にも。

あの美しさはただ生きているだけでは一生見ることが叶《かな》わない。あれを見られるのは実験中の科学者だけだ。真理を追い求め、寝食を忘れて実験を繰り返すことで、ようやく目にすることができる。

「ほんまに……信じられないくらいきれいでな」

「うん」

「いや、ほんまは危ないんや、アルファ線は！　ものすごいエネルギーを持ってるから、直接見ると目が潰れるかも知らん。……けど、そうなってもええと思うた。それくらいきれいなんや！」

「……すごいな、修兄ちゃんは」

「え？　……あ」

衝動のまま、言葉を紡いでいた修はそこでハッと我に返った。完全に世津を置いてきぼりにしてしまった。

慌てて弁解しようとしたが、世津は何が楽しいのか、ニコニコうれしそうに笑っている。

「子供の頃から科学者になる、言うて、その夢をずっと忘れんでおる」

「そんな大層なもんやない」

「いいや、すごいと思う！」

「……そ、そうか」

断言され、顔が赤くなった。もそもそと座り直し、言葉を探す。

（なにか……）

気のきいた言葉はないだろうか。

そういえば、世津と二人きりになるのは久しぶりだ。自分は実験に追われる日々で、世津は日中、軍需工場で働いている。夜には自分のいない間、フミと裕之と三人で食事をし、その日会ったことなどを話しているのだろう。

久しぶりなのだ。自分が世津と話すのは。

裕之が帰ってきてからは、少し距離を置いていた。なるべく二人の邪魔をしないように、と考えてしまって。

「あのな、世津……もし」

「世津ちゃん、手伝ってー」

「……っ」

その時、階下から玄関の開く音とともに、フミの声がした。

「帰ってきはった」

世津が修に言い、「はーい」と階下に返事をした。フミと裕之が近くの配給所から帰ってきたのだろう。ドサドサと玄関に荷物を置く音が聞こえてくる。

フミたちを手伝うため、世津はぱっと立ち上がった。そのまま行ってしまうかと思ったが、去り際、修を振り返り、

「見てみたいわ、私も。きれいな光」

そしてトントンと軽やかに階段を下りていく。

「………」

がらんとした部屋で一人、修は言いかけた言葉ごとため息を飲み込んだ。

『お米は？』

階下から世津とフミ、裕之の和やかな会話が聞こえてくる。

『なかったんよ。玄米がちょっとと、後は乾麺』

『しゃあない。がまんがまん』

笑いながら、三人分の足音が台所の方へ向かっていく。

「………」

しっくりくるな、と思った。

フミと、その息子の裕之。そして世津。三人はお互いの凹凸がしっかりかみ合うパズルのようだ。そこに割り込める者はいない。

（もし、だなんて）

自分が言いかけた言葉に自嘲する。

——もし興味があるなら、いくらでもまた話すから。

そんなことを言いかけた自分の間抜けさに呆れてしまう。

（母さんにもできてへんのに）

　ふと、コマのことを思い出した。

　――コマは回ってる時は倒れへん。止まると倒れる。……なんでやろな？

　その謎が解けたら教えてほしいと、遠い昔フミに言われた。その答えはもうわかっているのに、修はそれを未《いま》だフミに説明できずにいる。

　あんな遠い昔の話など、フミはもう覚えていないに違いない。今更説明したところでかえって迷惑に違いない。……そんな想像ばかりが脳裏を巡ってしまって。

「あ、修兄ちゃん！」

　のろのろと階段を下りて台所へ向かうと、真っ先に世津が気づいた。すぐにフミと裕之も振り返り、笑顔を向けた。

「今日も馬鈴薯や」

「そうか」

「昨日はじっくり煮たやつやったな。おとといは潰して、丸めたやつ」

「もう、裕之兄ちゃん。わざわざ言わんで」

「ほんなら今日はお味噌で焼いてみよか」

「ええですね！」

　フミの提案に、世津が明るく笑った。

毎日芋とカボチャが主食で、久しく米は食べていない。それでも限られた食料で、フミはいつも工夫を凝らした料理を作ってくれるし、世津もよく手伝っている。

「大分根詰めてるようやな」

ぼんやり見ていた修に裕之が笑った。

「今日も米はなしや」

「わかってる。配給、行ってくれたんやな」

「当然や。重いもん、ぎょうさん持って帰ってくる気でいたけど、肩透かしや」

おどけて肩をすくめる裕之に、修は曖昧に微笑んだ。

ちりっと焦燥感のようなうずきが胸をつく。裕之は国のために戦地へ行き、帰ってきてからもこうして力仕事を率先して引き受けている。毎日毎日、研究室にこもっていても、何一つ生み出せない自分とは大違いだ。

(はよ……)

何かしなければ。

世間に胸を張れるような「何か」を。

自分を肯定できるような「何か」を。

とにかく何かを、成し遂げなければ。

8

窒息しそうなほどの息苦しさが研究室に充満していた。初夏ということもあるし、窓を閉め切っていることも理由の一つだろう。

だがこの日、室内が息苦しいのには別の理由があった。

「…………」

国防色の軍服に身を包んだ海軍士官が数名、実験棟に詰めかけている。大抵は荒勝の部屋でせっつくだけの彼らがこうして視察に来るのは珍しい。なかなか目立った成果が上げられない研究者たちに業を煮やしたのだろうか。

用意された椅子に当然のようにふんぞり返り、鷹《たか》のような鋭い視線を浴びせられて、修たち学生はすくみ上がった。

(いつも通りやればええんや)

何度も自分にそう言い聞かせつつ、修は村井や花岡と視線を交わした。

「電圧上げます」

「制止」

「三万回転超えました」

言葉少なに情報を伝える修たちの背中を見ながら、士官の一人が失望したように嘆息した。

「これ以上、上がらないのか」

不意に声をかけられ、修は飛び上がるほど驚いた。助けを求めるように視線を向けるが、花岡に脇腹をつつかれる。お前が答えろ、ということらしい。

修は切腹を命じられた罪人のような心地で、弱々しくうなずいた。

「はい、上がりません」

「十万回転はいつ達成できますか」

士官は修の言葉など聞こえなかったかのように、隣に座る荒勝に尋ねた。一応敬語だが、敬意を払っているわけではない。声音からは横柄さばかりが伝わってくる。

(そもそも、なんで十万回転なのか、わかっとるんやろか)

多分、それには興味がないのだろう。下手したら海軍士官たちは「何かが十万回転したら、原子核爆弾ができる」とでも思っているのかもしれない。

彼らは科学にまるで興味を示さない。何が、どういう原理で、そうなっているのか、といった過程を全て飛ばし、結果だけを求めてくる。

この程度の認識しかない連中と、根気よくやりとりしている……。それだけでも修は荒勝に頭の下がる思いだ。

「一歩ずつ、前進しております」

「来週、また確認しに来ます」

穏やかな荒勝の返事にいらだたしげに眉をひそめつつ、士官たちは軍靴を鳴らして去っていった。

「……くそっ、なんやねん、あいつら」

はあ、と大きくため息をつきながら村井が毒づいた。忌々しげな口調だが、額には汗の玉が浮いている。

村井だけではない。いつも穏やかな木戸や胆力のある岡野ですら、喉元に銃口を突きつけられていたように疲れ果てた顔をしていた。

「ああもにらまれてちゃ手順を間違えそうですわ。指先が震えるわ、身体が震えるわ……」

花岡がぼやきながら窓を開けた。新鮮な風が室内に入ってくる。

「来週また来る、言うてましたね。一週間や二週間で劇的に何かが変わったら苦労せんですけど」

「それだけ状況がまずいのだろう。それはわかっているが……」

「成果を求めるなら、まず資源を調達せえ、ゆう話や」

はあ、と木戸や清田もため息をつく。何度実験しても、開発中の遠心分離機が三万回転以上にならない。問題点を洗い直しては改良を加えているが、それも限界にさしかかっていた。

（このままやと、なんもできなくなる）

研究者たちの体力の問題ではなく、前回修が手に入れてきた硝酸ウランだけではすぐに実験そのものができなくなってしまう。

「修、例の工房、もう一回行ってきてくれんか」

木戸たちの苦悩を感じ取り、花岡がそっと修にささやいた。

「俺らも近所の工房、当たってみるわ」

「はい。この前行った時、大阪の方にも行ってみるって言うてくれました」

「協力してくれて感謝、感謝やな。ここもいつまで無事かわからんけど」

花岡が何を言いたいのかは修にもよくわかった。

修たちが地下壕に避難した日、京都の町は過去最大の被害を受けた。京都帝国大学の目と鼻の先にある西陣地域で約五十人の死者を出す空襲があり、数百人の罹災者が出たのだ。

情報規制が行われているため、あの空襲が何を狙ったものなのかはわからない。軍需工場があると勘違いして攻撃をしかけたのか、意図的に民間人を攻撃したのか……。

無差別爆撃だとしたら、次は自分たちの真上に爆弾が落ちてくるかもしれない。それは一週間後かもしれないし、明日かもしれないし、十分後かもしれない。

そう思うと息苦しさが増す気がして、修はあえて威勢よく立ち上がった。

「窯いそさんのとこ、行ってきます。期待しててください」

「頼むわ」

「はい。……あ、堀田」

ちょうど、そばを通りがかった堀田を呼び止める。

「今から窯いそさんに行くんやけど、一緒にどうや？」

「窯いそ……硝酸ウランの調達か」

「手に入るかはわからんけどな。少しは気分転換できるかも」

最近、堀田は少し塞ぎがちだ。口数が少なくなり、気づくと実験の手を止めてぽんやりしている。それでいて目の奥にはほのかに暗い光がともっているように見えて、修は密《ひそ》かにハラハラした。

弟を殺された時の村井がちょうど、こんな目をしていた。腹の中で激情が渦巻いているが、どうやって消化していいのかわからないような……。

（防空壕での話、気にしてるんかな）

地下壕に避難した日、自分たちの作っているものは殺人兵器なのではないか、と堀田は苦しそうに胸のうちを吐露した。敵に家族を殺されたからといって、報復目的で大量破壊兵器を作ることは許されるのか、と。

荒勝教授の説明で、あの場にいた者は核分裂が世界に平和をもたらす道だと信じることができた。修の思いつきにより、遠心分離機の開発にも新たな可能性がもたらされた。

だが、と修の胸がざわめく。

いったん納得したからといって、思いが霧散するわけではない。あの日堀田が訴えた感情は消えることなく、彼の中にずっとわだかまっているのではないだろうか。

「俺はええ。行くとこがあるんや」

「行くとこ？」

「そっち、頑張ってな」

答えをはぐらかし、堀田は部屋を出て行った。とっさに呼び止めようとしたものの、修はためらった。堀田の背中が修を拒んでいるように感じられて。

（……後でまた話そう）

軽く息を吐き、修も大きな背嚢を担いで大学を出た。

空には灰色の重い雲が何層にも重なっている。雨が降るのかもしれない。

足早に「窯いそ」の工房に向かい、修はふと首をかしげた。雨が降り出す前に到着で

きたと喜んだのもつかの間、

（なんか変や……）

気のせいだろうか。工房内の空気がおかしい気がする。窯がごうごうと燃えている音が聞こえるのはいつも通りなのだが……。

「ごめんください」

のれんをくぐり、修はぐっと息を詰めた。目立つ大机の上に、同じ大きさで同じ形の壺がずらりと並んでいる。どれも真っ白で、装飾もされていない。骨壺だ。

（またこんなに注文が入ったのか……）

何十個もの骨壺を直視できず、思わず顔を背けた時だった。

「――……っ！」

目立たない隅に、ひっそりと台が置かれていた。

骨壺と、小さな黄色の花。

さあっと血の気が引いた。

「京大のセンセか」

工房の奥から声がかかった。のっそりとした仕草で、澤村がこちらに歩いてくる。片足を引きずっていることもあるだろうが、それ以上に気力が底をつき、今にも倒れそうに見えた。

「あの、は、はなさん、は……」

以前修がここに来た時、お茶を入れてくれた女性がいない。たまたま外出しているだけだろうか。そうであってほしい。

「間が悪いことでね」

だが、修の淡い願いを打ち消すように、澤村が視線を外しながら言った。

「大阪に行った時、ちょうど空襲に遭《お》うたんですわ」

「……っ」

「でもま、約束したから」

言いながら、澤村は部屋の奥に向かい、数本の瓶を持ってきた。瓶はすすで汚れていたが、中には黄色の粉末が入っている。硝酸ウランだ。

「ほとんどが割れてしもとったんやけど、なんとか、これだけ」

「……っ、僕の、せいで……」

「それは違う。間が悪かった……それだけや」

「でも」

そんな言葉で終わらせられるわけがない。

硝酸ウランを求める修に澤村は前回、「大阪に工場があるらしい」と話してくれた。「自分の方で今度当たってみる」とも。

きっとその約束を果たすため、彼らは大阪に行ったのだ。そしてそこで空襲にあった。

(俺は、なんてことを)

だが愕然《がくぜん》と立ち尽くす修に、澤村はしっかりと瓶を握らせた。

「どんな研究かわかりませんが、きっと先生にしかできんことや。しっかり続けてくださいよ」

「は、い……」

そう言うしかなかった。修に瓶を渡し、工房の奥に引っ込んでしまう澤村の背中にかける言葉もない。瓶の重さを痛感した。こんなにも重かったのかと呆然《ぼうぜん》とするばかりだ。

それでも持ち帰らなければ……。

「はよ行ってくださいよ！」

「……っ！」

その時、工房の奥から悲鳴のような声が響いた。

澤村もわかっているのだろう。国のため、勝つために自分たちは全てを差し出さなければならない。大切な人が空襲で死んでも国を責めてはいけない、と。

だが頭で理解したからといって、納得できるわけもない。

今のが澤村の真の叫びだ。物わかりのよい善良な市民であらねば、と自分に言い聞かせて葛藤を押し殺した彼の、たった一度の血を吐くような叫び声。

ぐっと胸の奥が鉛のように重くなる。

「……ありがとうございます！」

謝罪もできず、ただ修は深々と頭を下げ、工房を後にした。ここにはもう二度と来られない。来る資格がない、と思いながら。

外は雨だった。

土砂降りの中、傘を差す気にもなれずに黙々と歩く。


「……ただいま戻りました！」

何かを踏みしめるように無言で歩き、修は京都帝国大学の物理学研究室に戻った。沈む自分に活を入れるように大声で挨拶をしながらドアを開け……思わず眉をひそめる。

花岡と村井以外、部屋には誰もいなかった。珍しい。もうずっと長い間、荒勝教授を筆頭に、研究室の面々は全員ここか実験棟に集まっていたのに。

「停電や。ガスも止まっとる」

ぐったりと椅子に座っていた花岡が言った。

「帰ってきたら、これや。やっとれん」

「ゼロや。どこを回っても、もうウランなんて見つからん。挙げ句の果てに、魚を狙うどら猫扱いされる始末や」

「まさか乱暴に追い払われたり……」

「そんなことはされん。俺らは軍の命令で研究しとるからな。危害を加えたら大ごとや」

花岡は愉快そうに肩を揺すったが、声も表情も少しも楽しげには見えなかった。当然だ。彼は権力を笠に着て笑うような男ではない。国のため、家族のため、大切な仲間のために身体を張って頑張れる人だ。

そんな彼でさえ、心が折れかけている。研究は一向に進展せず、材料調達に駆け回っても成果は得られず、市民からは大事な資産を奪っていく連中だと忌み嫌われているのだ。こんな状況でまっすぐ前を向けるわけがない。

村井は村井で椅子に浅く腰掛け、眉間にぐっとしわを刻みながら、何かの書類を凝視していた。彼もまた、どこからも硝酸ウランを調達できなかったのだろう。拭っても拭い去れない徒労感がべったりと身体に染みついているようだ。

「花岡さんの方は」

「修は」

花岡が声をかけた。うなずき、持っていた背嚢を机に下ろす。

「おお、ウランやないか！」

　ぱっと顔を輝かせ、花岡が足早に修に近づいてきた。

「窯いその親父さんです」

「そうか、そうか。感謝せにゃならんな！」

　にかっと以前のような笑顔を見せた花岡にホッとする。うなずき返し、数本の硝酸ウランの瓶を机に並べた時だった。

「それっぽっちじゃどうしようもないじゃないか」

　離れた場所から見ていた村井が皮肉っぽく唇の端をゆがめた。修がなにかを言う前に、花岡がカッとなったように彼をにらんだ。

「なんや」

「わずかなウランで実験を繰り返したところでなんになる？　しかもそんな得体のしれんところから手に入れたウランで」

「……っ、得体のしれん、とはなんや」

　今度は修がカチンときた。普段なら喧嘩《けんか》をふっかけられても一歩引く方だが、今回ばかりはそうもいかない。

　片足を引きずっていた澤村や、空襲の犠牲になったはなの顔が脳裏をよぎる。このウランは彼らの「想《おも》い」そのものだ。得体がしれない、なんて言葉を使われるのは耐えられない。

「窯いそさんはちゃんとした陶磁器の工房や。最初に持ってきた時は、村井も質がいい、て喜んだやないか」

「そやったか？　覚えてへんわ。全然、いい結果が出んしな」

村井は手にしていた書類をいらだたしげに床に捨てた。おびただしい数字が見えて、合点がいく。

村井が見ていたのは遠心分離機の実験データだ。実験のたびに記録しているので、もう膨大な量になっている。

この実験前にあった遠心分離機では一分間に一万回転を超えるのが精一杯だった。それから試作機を作るごとに、ゆっくりと性能は上がっていった。しかしそれも三万回転を超えたところで、頭打ちになっている。

「これだって結局三万回転がいいところじゃないか」

「せやから今、新しく開発してるんやないか。修の発案した圧縮空気の……」

「それがいつ完成するかわからんでしょう。悠長なことやってる間にアメリカが作っちゃうよ！」

「……っ」

反射的に何か言い返そうとしたが、修は直前で言葉をのんだ。

(村井は俺たちに文句言うてるのと違う)

彼は失望しているのだ。自分に。自分たちに。

遅々として進まない研究と、刻一刻と悪くなる状況。徴兵を免除されているという安堵感と、安堵する自分に対する罪悪感。

戦争で弟を失った悲しみも消えていないだろう。今、敵国がどこまで研究を進めているのかわからない焦りもあるはずだ。それら全てが村井を内側からじりじりとあぶっている。

「あのな、村井……気概を持て。物理学者が新しい時代を作るんや。こないだ、荒勝先生も言うてはったやないか」

歩み寄る姿勢を見せた花岡に、村井は嘲るように唇の端をつり上げた。

「幼稚な精神論はやめてくれ」

「幼稚やと?」

「ああ、幼稚や。科学者がそんなことを言ってるようじゃ、日本の将来は知れている」

「貴様……!」

激高した花岡が村井の胸ぐらをつかんだ。

「文句ばっか言いよって! なら今のお前は科学者か! 将来を作っとるんか!」

「足りんもんを足りん言うて何が悪い! 努力ではもうどうにもならん!」

「お前も前は、材料が足らんなら気合いでカバーや、言うたやないか！　それが今になって、無理や、無駄だ、言いよって……。情けないとは思わんのか！」

「ぐっ……」

「きついのが自分一人やとでも思っとるんやないやろな！　貴様のような情けない奴がおるから、日本は勝てんのちゃうか！」

「なんやと！」

「ちょ……二人ともやめてください」

　取っ組み合いに発展しかけた花岡たちを、修は慌てて止めた。だがその瞬間、今度は修が摑《つか》まれる。

「修、お前はどうなんや」

　花岡の目は血走り、らんらんと光を放っていた。彼を見た瞬間、修は研究室に押しかけてきた海軍士官たちを思い出した。

　彼らと同じ目だ。狂信的に結果を求め、犠牲を求め、獲物を求める、追い詰められた獣の目だ。

「お前はいっつも蚊帳《かや》の外におる。皆が紛糾しとっても、困った顔で眺めるばかりや」

「それは……」

「それでいて、口を開けば実験、実験！　おかしいやろ。信念あってこその実験！　理想あってこその研究やろ。自分の考えをはっきり言うてみろや！」

答えを待つ花岡を前に、修は目を泳がせた。何か……何かあるはずだ。胸の中にはっきりとした答えが。

だがいくら探しても、それは明確な言葉にはなってくれない。わかるのは、この身の奥を焼く焦燥感だけだ。

「俺は……っ、ようわかりません！」

「はあ？」

「わからんのです。考えても考えても、全然わかりません。ただ……」

「ただ、なんや！」

「ただ、実験をして、新しいことを自分たちの手で見つけたい」

修はくしゃりと顔をゆがめた。

「誰にも負けたくない！　それだけなんです。皆さんも同じじゃ思ってます。……それが、なんでこんなことになってしまうんか、ようわからんのです」

「甘いなあ。甘すぎるやろ！　それでも日本男児か！」

ばちん、と花岡が修の頬を平手で打った。痛みとともに脳が激しく揺れる衝撃が来る。

それでカッとなった。

「ほんなら花岡さんはわかるんですか。僕らがやっとることは正しいことですか。間違ってるんですか？」

「甘い！」

「答えてください！　人を殺す兵器を作ってるのはなぜなんですか！」

「甘い！」

「我々は科学者なのに！　なぜこんなことをしてるんですか！　原子核爆弾を作るのはよいことですか。悪いことですか！」

「甘い！　甘い、甘い、甘い、甘い！」

バシン、バシン、と重い平手が振り下ろされる。

はじけるような痛みで、目の奥に火花が飛んだ。

（緑色の……）

火花に魅入られた。リチウムに陽子が当たってヘリウムが出来る瞬間に放出される光。それを見たくて……その火花の根源と、行き着く先を知りたくて、好奇心と情熱に突き動かされて、夢中で駆けてきたはずだった。

「なのに！　なぜ我々は……！」

人を殺したいなんて、欠片《かけら》も思っていないのに。

（なのに、なんで……）

なぜ研究がやめられないのか。なぜ核分裂を成功させたいと思ってしまうのか。

荒勝が語ったような「永久にエネルギーが供給される未来」を本気で夢見たかと言われると、それは少し自信がない。心躍ったことは確かだが、仮に「この実験は人類にとって何の意味もない」と言われたとしても、修は核分裂の成功を考えていただろう。無駄かどうかも、役に立つかどうかも、本当は関係ないのだ。

ただ知りたくて……それだけを起爆剤にして、どこまでも走っていけてしまう。

「なんでなのか、わからんのです……！」

「もうやめんか！」

無抵抗で殴られ続ける修を見かね、村井が花岡を引き剝がした。

「修を打ってもどうにもならん！　全部あんた自身に返ってきとるんやぞ！」

「まだそんなことを……っ！　貴様らみたいのがおるから、日本はあかんのちゃうか。どいつもこいつも！」

今度は村井に矛先を変え、花岡が拳を振り上げた時だった。

——ドン！

興奮のあまり、彼は勢いよく机にぶつかった。置いてあった硝酸ウランの瓶が床に落ち、派手に割れる。ざあっと鮮やかな黄色が床に広がり、床の色と混ざり合って濁った色になった。

「……っ、ああ！」

ウランが……大事な実験の材料が。

澤村と娘のはなが命をかけて手に入れてくれた大切なウランが。

修は駆け寄り、床に這いつくばって割れたガラス片を必死でどけた。

硝酸ウランは劇薬だ。うっかり吸い込んだり、ウランが付着した手で目をこすれば大ごとだと常日頃から教授たちに口酸っぱく言われている。

(でも)

今はそんなことにかまっていられない。修は首にかけていた手拭いを手にし、硝酸ウランを割れたガラス片からより分けた。少しでも多くかき集めようと必死に。

「……あ」

それを見た村井と花岡が我に返ったように静かになった。

顔を見合わせ、ばつが悪そうに目を伏せる。

「おい修、やめろ……危ないぞ」

気まずそうに花岡が修に声をかけた時だった。

「……堀田?」

いつの間にか、研究室の戸口に堀田が立っていた。いつもは修たちと同じく白いシャツとズボンというラフな格好をしていたが、今は違う。堀田は詰め襟の学生服をきちんと身につけ、学帽をかぶっている。

「なんや、その格好は」

戸惑ったように、花岡が曖昧に笑った。

「ちゃんとした服着てるなんて珍しい。どっか行くんか」

「かねてより陸軍に志願しておりましたところ、このたび入隊が決まり、明日発《た》ちます。今までお世話になりました！」

姿勢を正して敬礼した堀田に、修たち三人は虚を突かれた。何を言われたのか、理解できない。

「お前……お前、何を言いだすんや」

「ずっと考えてたんです。戦死した兄のこと……ここで、こうしている自分のことを」

「堀田」

「兄はずっと『戦争に行きたくない』言うてました。文学が好きで、幼い頃はいつも絵本を読み聞かせてくれて……でも、文系の大学に進んだので徴兵されました。文学をやっていたからです。大量破壊兵器が作れなかったからです。では……自分は」

「…………」

「ここにいたら、兵器を作れるかもしれません。作れないかもしれません。三十万人のアメリカ人を殺すか、一人も殺さないか、そのどちらかです。いずれにせよ僕は銃を持たず、戦場の恐怖を知らず、ここにいられる」

堀田はくしゃりと泣き笑いのような表情を作った。

「兄はそんな僕を許さんでしょう。僕は行かねばなりません。……これが、自分の結論です」

「……先生には言うたんか」

諭しても無駄だとわかったのだろう。花岡が肩を落とし、消え入りそうな声で尋ねた。

堀田は苦笑し、肩をすくめる。

「はい。でも怒って、口をきいてくれません。心苦しいですが、このまま行かせてもらいます」

「そう、か……」

「はい。……修、頑張れよ」

床に膝をついたまま、呆然としている修に微笑み、堀田は最後にもう一度、声を張った。

「ほんまに……ほんまにお世話になりました！　お元気で！」

それきり、彼はきびすを返した。背筋を伸ばし、堂々と。

だがその肩が震えていることに、修たちは全員気づいていた。

優しい男だ。視野が広く、皆のことを考え、見知らぬ敵兵を殺傷する兵器を作ることにも難色を示した。

そんな男さえも、この国は戦地へ連れて行ってしまう。行かねばならない、という空気を作り、自発的に行動するように強制する。

（……堀田）

引き留める言葉が見つからなかった。修は黙って、散らばった硝酸ウランをかき集める作業に戻った。

9

久しぶりの海だった。

初夏の陽光が降り注ぎ、薄青の水がキラキラと輝いている。

「気持ちええな」

のんびりした表情で呟く裕之に、修も深くうなずいた。木炭を燃料とするバスで数時間かかると聞いた時は厳しい行程になりそうだと覚悟したが、いざ実行してみるとむしろ遠足のようだ。子供の頃のようにわくわくし、はしゃいでいる自分がいる。

（楽しんでええこととちゃうけどな……）

この日帰り旅行の目的は「買い出し」だ。

戦争が激化して物資が滞るようになった今、配給も満足に受け取れなくなっている。そのため、市民は自らの足で地方に向かい、食料を調達しなければならなくなっていた。

それでも石村家には今、働き盛りの若者が三人いる。家で待つフミと清三を合わせ、五人分の食料を持ち帰ることも可能だが、働き手を戦争に取られた家はそうはいかない。行きのバスに乗っているのも老人か女性ばかりで、誰もが疲れ果てた顔をしていた。

目的地についてそうした重苦しい空気から解放されたことで、やっと一息つけた気がする。

「バス、夕方にならないと来ないみたい」

浜辺にいた修と裕之のもとに、世津が駆けてきた。

「途中で道が塞がれちゃってたから迂回《うかい》してくるらしいわ。ここの人が教えてくれはった」

「最近、空襲は落ち着いてたけどな」

「一個前のをまだ直せてへんのやろ。なんもかんも不足してるからな」

修と裕之は顔を見合わせ、ため息を飲み込んだ。

悲観しても仕方がない。足りないものは足りない、直せないものは直せないのだから、できるだけそうした不自由さからは目を背けていかないと。

「でも、今日はたくさん買えてよかったわ」

真っ先に気持ちを切り替えたのは、この日もやっぱり世津だった。彼女はいつだって、苦難の中に楽しみを見いだし、周囲を明るく照らしてくれる。

「修兄ちゃん、卵、割れてへん？」

「うん、大丈夫や」

背負った背嚢の中身を改め、修は安堵の息をついた。白米はほんのわずかだが、馬鈴薯やサツマイモ、卵や味噌、砂糖なども手に入れられた。

「これでしばらくは食いつなげるな」

「フミさん、喜ばはるわ」

そう言って笑う世津の方がうれしそうだ。修と裕之は顔を見合わせ、微笑んだ。

「兄さん」

バスを待つ間、波打ち際で波と戯れる世津を見ながら、裕之がぽつりと言った。ゆったりと砂の上に腰を下ろし、世津を見つめる目は優しい。

「研究室の方は大丈夫なんか」

「ああ、今日はみんな、家に帰っとる」

並んで座り、修はうなずいた。

波の音と、キラキラと光る水面。その中で軽やかに跳ねている世津の姿……。全てがまばゆくて穏やかで、目がくらみそうだ。

「母さんにも感謝やな」

「ああ、最初は兄さんがなんかしたのかと思ったけど」

くつくつと肩を震わせて笑う裕之に、修もつられて苦笑した。

今朝、いつものように研究室からふらふらと帰ってきた修は仮眠もそこそこに、フミにたたき起こされた。目を白黒させている修の前でフミは仁王立ちし、「今日は三人で買い出しに行ってき！」と告げたのだった。

世津や裕之が気遣って「自分たちだけで行ってくるから」と言っても、フミは頑として譲らない。修も自分が何か、罰を受けるようなことをしてしまったのかと焦ったのだが。

（違ったんや）

こうして研究に追われる日常から離れ、海を眺めているとフミの心遣いがわかってくる。のんびりと海を眺めるなんて、もう何年ぶりだろう。

「若いもんだけで羽を伸ばしてこい、言うてくれたんやな」

「ああ」

「こんな穏やかな気持ちなのは久しぶりや。このところちょっと……まあ、ちょっとだけ、行き詰まっとったから」

「わかるわ。母さんも世津ちゃんも心配してたで。口には出さんかったけどな」

「裕之は」

「俺は、わかっとる。兄さんがやっとるのはこの国のために必要なことや」

「……うん」

裕之が修のやっている研究を詳しく知っているわけはないだろう。いくら軍人とは言え、若い兵士が知ることのできる情報には限りがある。

それでも裕之は修のやっていることを肯定してくれた。なかなか成果が上がらず、研究室内にも張り詰めた空気が流れている今、裕之のまっすぐな信頼がじんわりと疲れた心に染みた。

(本当に必要なことなのか)

……それとも不要なことなのか。

自分たちですら即答できない研究だが、裕之が肯定してくれると、それだけで価値のあるものに思えるから不思議だった。

そんなことをぼんやりと考えていた時だった。

「そろそろ部隊に戻る」

「……っ！」

海をまっすぐ見ながら、裕之が静かに言った。弾かれたように振り返った修の視線は感じているだろうに、彼は前を向いたままだ。

「おかげで身体もすっかりもとに戻った。これ以上、皆に迷惑をかけるわけにはいかん」

「八月まではいられる、言うたやろ。期限は来月やないか」

「いや、もう十分や。いつ戻るか、ずっと考えてた」

「……でも」

「今がその時なんや」

有無を言わせぬ口調で裕之が言った。

……自分も言うべきなのだろう。裕之が言ってくれたように「お前が戦地に行くのはこの国のために必要だ」と。

だがその言葉がどうしても口から出てこない。

「……母さんは、俺もお前も分け隔てなく育ててくれた」

迷いながらも修は口を開いた。何を今更、と言いたげに裕之が吹き出す。

「当たり前や。俺らは兄弟やろ」

「そうや。……そやけど俺は母さんが腹を痛めて産んでくれたのと違う。やっぱりお前は別格なんや。お前が無事に帰ってきて、母さんがどんなにうれしいか、わかるやろ」

「兄さん」

「お前が家を出てた時、母さんはいつも仏壇で祈ってた。無事でいてくれ、帰ってきてくれ、って背中から痛いほど伝わってきたわ。今も毎日、もう戦場には戻らんでほしい、て思ってる。世津ちゃんも……俺もや。俺らはみんな、お前が無事なら、それで」

「今は個人の感情をどうこう言うてる時やない」

「……っ」

一切の甘えを断罪するような冷静な声が修の言葉を遮った。

まるで冷水を浴びせられたように修は絶句し、うつむいた。羞恥でうなだれた修の隣で、裕之は静かに言葉を続けた。

「今、この国は瀬戸際におる。ひと月後か、一週間後か、明日か、今日か。……そういう状況や」

「………」

「父さんは国のために命をかけた。母さんや俺たちを守るため、立派にこの国の盾になったんや。俺はそんな父さんを誇りに思ってる」

「裕之」

「父さんの遺志は、俺が継ぐ。お母さんを頼みます」

まっすぐに目を見て、そう断言されてはお手上げだ。家族の情より、国の事情が優先される時代なのだと思い知らされた。誰も彼も我慢、我慢の連続で、素直な気持ちを吐露すればわがままだと叱られる。

打ちのめされた思いで、修は渋々うなずいた。

「……わかった」

「兄さんの方はどうなんや。研究は進んでるんか」

「まあな」

「そうか。国家ますますの発展のため、頑張ってください！」

軍人の顔で裕之が笑う。まるで隣にいる弟が知らない人間になってしまったようで、
修が曖昧に笑った時だった。

「修兄ちゃん、裕之兄ちゃん、海、気持ちええよ」

こちらの話が一段落したのを察したのか、世津がニコニコ笑いながら戻ってきた。

「二人も遊んできたら？　こんなん、久しぶりやし」

「なら泳いでくるわ」

「え？」

突然裕之がガバッと衣服を脱ぎ捨て、海に向かって駆け出した。上着だけではなく、
走りながらズボンや下着も脱ぎ捨てて、ためらいもなく海に入っていく。

「ちょ……裕之兄ちゃん、何してはるの！」

「兄さん、はよ！」

真っ赤になって顔を背けた世津にかまわず、裕之が大きく片手を上げ、修を手招いた。

「修兄ちゃん」

まさか行かないよね、という目で見上げられた瞬間、修の心が決まった。

「服、頼むわ」

裕之と同じように裸になり、修も裕之を追いかける。

「もーっ、アホーッ！」

潮の香りが濃くなった。潮騒《しおさい》が鼓膜を通り、体内で反響し始める。

「うわ」

ザザッと打ち寄せる波に足を取られそうになる。なんとか倒れないように堪えつつ、一歩一歩海に入った。しばらく抵抗感が強かったが、腰まで海に浸《つ》かると、今度はふわりと浮遊感が身を包む。

「……はは」

ざぶりと潜り、裕之を追いかけた。

修が追いつくのを待って、裕之が沖に向かって泳ぎ出した。

「兄さん、勝負！」

幼い頃、コマで勝負した時のことが脳裏をよぎる。あの時から裕之は何も変わらない。負けん気が強くて、すぐに勝負を挑んでくる。

自分は当時、簡単に負けを認めてしまった。石村家の中で自分一人が異物なのだという気後れもあったし、どうせ裕之が勝つだろうという気持ちもあった気がする。

(でも……本当は)

修は懸命に腕で水をかいた。

連日研究室にこもりきりで、ろくに運動もしていないのがたたっているのだろう。すぐに腕がしびれ、心臓が早鐘を打ち始める。水は重く、全身にまとわりついて、修の足を引っ張ってくるようだ。

逆に、裕之は海を味方につけていた。

裕之が水をひとかきするごとに、ぐんと速度が速くなる。まるで魚のように、彼はぐんぐんと泳いでいってしまう。

……敵《かな》わない。追いつけない。

どんなに本気を出しても、修は裕之に敵わない。一つ年下の彼はいつだって修にできないことを簡単にやってのけ、力強く笑っている。

(本当は……!)

そんな裕之に、勝ちたかった。

憎いからではない。嫌いだからでもない。

誰にも負けたくないからだ。挑むからには勝ちたいからだ。

そんな情熱が修の中でも燃えている。どんなに顔を背けても、気づかないフリをしていても、その強い思いはじりじりと修の胸をあぶり、先へ、先へと進ませる。

……たとえ勝てなくても。

何も成し遂げられなくても。

＊

夕方、予定時刻よりも遅れて到着した木炭バスは帰り道で、さらなるトラブルに見舞われた。

舗装もしていない山道にさしかかったところで、急にバスは失速し、ついには動かなくなってしまった。エンストしてしまったようだ。

「すみません……ほんますんません」

ペコペコと頭を下げながら、運転手が乗客たちを下ろす。

これから修理するのだろうが、すでに日はとっぷりと暮れている。暗い中で修理がはかどるとも思えないし、出発はどんなに早くても明朝以降になるだろう。

「母さん、心配しとるだろうな」

バスを降りつつ、修はため息をかみ殺した。昼間、裕之につられて海に入ってしまったため、身体はずっしりと重い疲労に包まれている。正直空腹も限界に近い。

拓《ひら》けた場所でなんとかたき火をおこしたが、それが限界だった。膝を抱えて座ると、とろとろと眠気が襲ってくる。

「修兄ちゃん、運動不足」

隣に座った世津が笑う。

裕之といえば、修と同じくらい動いたはずなのにけろりとしていて、運転手から預かった予備の毛布を老婆にかけたり、所在なさげに佇《たたず》んでいた人をたき火のそばに座らせたりしていた。

「……ああ、ええ音や」

戻ってきた裕之がのどかな声でそう言った。誰かがたき火のそばでバイオリンを弾き始めたのだ。

深みのある旋律。どこか叙情的で、切実さを帯びているように聞こえるのは気のせいだろうか。

「なんやったっけ、これ」

「……『ゴンドラの唄』やな」

うつらうつらとまどろみながら、修は答えた。何気なく世津の方を見ると、彼女はバイオリンの方を見ながら、ささやくような小声で歌っていた。

「いのち……みじかし……こいせよ、おとめ……」

不思議や、と修は思いながら目を伏せた。

世津の声はバイオリンの音色にかき消されるほど小さく、途切れ途切れにしか聞こえない。それでもその歌声は甘く、修の心の柔らかい部分を震わせてくる。

いのち短し　恋せよ少女《おとめ》
朱《あか》き唇　褪《あ》せぬ間に
熱き血潮の　冷えぬ間に
明日の月日は　ないものを

激しい恋の歌だ。

命をかけ、魂を燃やすような愛を修は経験したことがない。修にとっての愛とは、ぶすぶすとくすぶるのみで一向に火がつかない生木のようなものだ。いっそぱっと燃え尽きてくれればいいものを、いつまでも細々と黒煙をたなびかせ、胸の奥をいぶしている。

（世津は……）

きっと迷わないのだろう。まっすぐに好きな相手だけを見つめ、その隣に立ち、同じ速度で歩こうとするはずだ。

そしてそんな世津の隣には、きっと同じような目をした裕之が立っているに違いない。お互いを尊重し、尊敬しあいながら必要とする……。そんな真っ当で純粋な恋が若い二人にはよく似合う。

(争う気なんてないんや)

二人の間に割って入りたいと思ったこともない。

ただ、そんな二人の役に立つ研究ができたらいいな、と修は夢うつつに考えた。世津が常に笑顔でいられるような、便利で快適な何かが発明できたらいい。戦争が終わったらおそらく自分は世津たちと離れるだろうが、その後でもふとした時に思い出してもらえるような何かを残せたら。

(未練やなあ……)

何の役に立たずとも、気になることを追究したい、などと禁欲的なことを考える時もあるのに、こうして大切な人の中に存在感を残したいと思ってしまうこともある。自分の欲求すらブレているのだから、遠心分離機の軸などさらに定まらないだろう。

猛烈な睡魔に引きずられながら、修はぼんやりと考えた。思考が飛躍している気がしたが、あまりにも眠くて制止する力がわかず、頭の中身だけが修の肉体を置いて、どこか遠くに駆けていってしまう。

……自分が、考え一つ、うまく言葉にできないのがいけないのだ。

自分がこんなことだから摩擦が発生する。だから回転数は上がらない。せっかく画期的な分離機の仕組みを思いついたのに、開発するための資材もないし、人もいない。堀田は戦場に行ってしまった。裕之も戦場に戻ると言う。

自分だけが今もまだ「ここ」にいる。何も成し遂げられないまま、一歩も進むことができないままで。


「……う、ん……」

不意に修は目覚めた。

暗闇に引きずり込まれるようにして意識を手放した感覚はあったが、それと同じくらい唐突な覚醒だった。

連日の研究疲れと昼間海で泳いだことによる疲労が残っていたが、意識の方は久しぶりにはっきりしている。短時間でも集中して眠れたのがよかったのかもしれない。

気づくと自分は横になっていて、腹に薄い毛布がかかっていた。世津か裕之のおかげだろう。

周囲で動く人はおらず、バイオリンの音も消えている。少し離れたところで木炭バスのエンストを直していた運転手もいったん仮眠を取ることにしたのか、そちらも静まりかえっていた。

空はまだ暗い。

しかし空気がほんの少し緩んでいる気もする。この空気なら、研究室の窓を開けた時によく感じた。おそらく今は午前三時から四時前だろう。

さすがに世津と裕之は寝ているはずだ。隣に目を向け……修はふと眉をひそめた。

(世津はおる)

修の隣でくうくうとあどけない顔で眠っている。

だがその奥にいるはずの裕之がどこにもいなかった。前日、購入した品を入れた背嚢は残っており、そばに毛布が丸まっている。

「…………」

単に小便か何かで起きただけだろうか。すぐ戻ってくるはずだと思いつつ、突如として嫌な予感が胸をついた。世津の足下を回り込み、毛布に触れてみるとひんやりしていた。裕之が出て行ってから、大分時間が経っている証拠だ。

「……裕之兄ちゃん……?」

胸騒ぎを覚えた修の気配を感じたのか、世津が目を覚ました。目をこすって寝ぼけていたが、修と目が合った瞬間、何かを察したのか、彼女は勢いよく起き上がる。

「裕之兄ちゃんは?」

「…………」

黙って首を振り、修は立ち上がった。世津はここに、と言いかけたが、彼女も素早く身を起こす。考えていることは同じようだ。修たちは二人して足早に駆け出した。

「裕之！」

「裕之兄ちゃーん！」

暗い森の中を修たちはひたすら走った。

月は出ているものの、無造作に地面から飛び出している木の根に何度もつまずきそうになる。転びかけた世津を支えながら、修は必死で闇夜に目をこらした。

「裕之、どこや！」

だが、いくら声を張り上げても、それに応える声はない。目をこらしても、裕之はおろか、動く影さえ見当たらなかった。

――裕之がどこかに行くはずがない。自分と世津を置いて、彼がどこかに行ってしまうわけがない。

必死でそう言い聞かせようとしたが、安心できない自分がいた。前日の昼間、「部隊に戻る」と言った裕之の横顔が脳裏をよぎった。

いつものようにまっすぐな目をしていたから、送り出すしかないのだと思ってしまった。彼の決意を尊重しなければならないと思い込もうとしてしまった。

この国では今、それが一番大事だからだ。

国のために尽くすという意思は尊重しなければならない。個を捨て、私欲を捨て、戦場に向かう者は万歳三唱で見送らなくてはいけない。そう教えられてきたからだ。

だが……本当にそれは正しい選択だったのだろうか。自分はあの時、何かとても大事なことを間違えてしまったのではないだろうか。

(かけるべき言葉はもっと他にあったんやないか)

「ほんまは、何があったんやろ」

息を切らしながら、世津が泣きそうな声で呟いた。いつも気丈に振る舞っている彼女が不安と恐怖で震えている。

「裕之兄ちゃん、帰ってきてから何も話してくれへん。戦争のこと……向こうのこと」

「……ああ」

「いっつも、大した話はないんや、言うて笑ってた。でも、そんなわけ……」

「世津……」

裕之がそう言うなら、そうなんやろ、と言おうとしたが、その言葉が口から出てこなかった。

修も本当はずっとわかっていた。陶磁器工房の「窯いそ」ではもう長い間、骨壺しか作っていないと言っていた。家の前の通りを葬式の列が通らない日はないし、近所の寺から読経が聞こえない日はない。

村井の弟も、堀田の兄も戦場で散った。他にも大勢、知り合いやその家族が亡くなっている。

大した話はない……わけがない。

でも裕之はそれを修たちに話そうとはしなかった。全て飲み込んだまま、再び戦場へ向かおうとしている。

「裕之兄ちゃん、何も言うてくれへん。……でもそれ、修兄ちゃんもそうや」

「俺？」

裕之のことばかり考えていた時に突然話を振られ、修は思い切り動揺した。思わず振り返ると、低い位置からにらみあげてくる世津と目が合った。

「フミさんにも私にも、何も話してくれへん。フミさんは『聞けん』言うてた。お国のための大事な研究なんやから聞けん、て。でもそういうことと違うやろ。難しい話なんてされても、私もフミさんもわからへんし」

「世津、俺は」

「私らが聞きたいんは修兄ちゃんの話や。修兄ちゃんの気持ちの話や。いっつも疲れて帰ってきて、倒れるように寝て。少ししたら、またふらふらしながら研究室に行ってしまう修兄ちゃんの気持ちを聞きたいんや」

顔をゆがめ、世津はぐっと唇をかみしめた。とても悔しいことがあった時、涙がこぼれないように堪える顔だ。負けず嫌いの世津は幼い時、よくこの顔をした。

（それ、今も変わってへん）

ひとしきり悔しさを堪えた後、世津は再び挑むように言葉をぶつけてくる。

「あなたも、裕之さんも、大事なこと隠してる。自分自身に」

「……それは」

「自分には、本当のこと、言ってあげて。そうしないと、つらいままやないの」

世津の思いは痛いほど伝わってきた。

だが言えない。言えるわけがない。

自分が罪もない敵国の非戦闘員を数十万人も殺せる兵器を作ろうとしていること。その研究がうまく進まず、仲間同士でも小競り合いが起きていること。研究が進まないせいで戦争は終わらず、自国の兵士が何千人、何万人と戦場で犠牲になっていること。

この先、研究がどう転がろうと、自分は人殺しだ。人が死ぬとわかっている研究を続け、人が死ぬとわかっているのに研究を成功させられない。

そんな、どこまで行っても加害者である自分が、どうして本心など口にできるだろう。

人を殺したくない、と。

だが研究は成功させたい、と。

頭の中はもうずいぶん前からぐちゃぐちゃだ。真理を探究したい自分と、この研究がもたらすものへの恐怖がひしめいていて、どこをどう進んでいいかわからない。

それでも立ち止まることは許されないのだ。お国のため、勝利のため、ゆっくり考える時間さえ与えてもらえない。

「あっ」

その時、不意に世津が声を上げた。途方に暮れたまま、つられてそちらを見ると、木々の間から海が見えた。行き先もわからないままさまよっている間に、山道から海岸に出ていたらしい。

徐々に明け白む空と、薄青の海。

その境目に、ぽつんと人影が見えた。

「ひ……裕之！」

小さな後ろ姿を見た瞬間、彼だと直感的にわかった。世津に声をかける余裕すらなく、修は無我夢中でそちらに向かって駆け出す。

だが修の声など聞こえていないかのように、裕之はふらふらと海に向かって歩き出した。その足が濡《ぬ》れた浜辺を踏んだ。その足に波がかかった。あっという間に裕之は膝まで海に浸かり、それでも止まることなく海の中に入っていく。

「裕之！」

彼が腰まで海に入った頃、修はようやく裕之に追いついた。必死にその姿にすがりつき、声を張る。

だが裕之はそれでも反応しない。恐怖で顔をこわばらせ、心全てを支配され……それでも一心不乱に水平線の先に向かおうとしている。

「……っ！」

自我を塗りつぶされるほどの恐怖が裕之を縛っている。

戦場へ戻る恐怖。仲間を失う恐怖。死に対するどうしようもない恐怖が彼の目を染め上げている。

この恐怖を抱き続けるくらいなら、いっそここで自ら……。

そんな思いを抱いたのだろうか。

だがそれにしては、彼の目は危ういほどの強さで海の向こうを見据えている。

──呼んでいるのか。仲間が。今もなお戦場で戦う友たちが。

「と、止まってくれ」

それでも裕之は止まらない。止まれないのだ。

自分の意思では止められない。国が、大人が、時代が、裕之の背中を強く押す。止まるな、引き返すなと耳元でわめき立て、彼が「自ら」戦場に戻るように強制している。

「裕之……なんでもええ、話してくれ！」

修は裕之の前に回り、その身体を必死で押さえ込んで訴えた。前に進もうとする裕之の力はすさまじく、海の中で足を取られて転びそうになる。

それでも耐えた。必死で彼にすがりつき、全力で裕之を抱き留めた。

「俺に話してくれ！　ちゃんと聞く！　わかった、なんてもう言わん！」

「……っ」

「お前の言葉で聞かせてほしいんや！　俺も世津も……お前の話が聞きたいんや！」

「……い」

長い沈黙の末、不意に裕之がぽつりと言った。

「なんや！」

ただうめいただけだろうか。呼吸音を「声」だと聞き間違えたのだろうか。

顔を上げ、裕之の目を見つめ、修はそうではないと悟った。それまで能面のようだった裕之の目が一度、ぶわっと波のように揺れた。

「……こわい」

裕之の足が止まった。

初めて自分が海の中にいるとわかったのか、裕之は一瞬混乱したように目を見開き、すぐに修に気がついた。兄と目を合わせた瞬間、彼の中から堰《せき》を切ったように感情があふれてくる。

「怖い……怖いよ……！」

「裕之！」

「毎日死んで行くんや。毎日……毎日死んで行くんや！」

「……っ」

「一緒に入隊した奴も、一緒に訓練した奴も、前の日に一緒にメシを食った奴も、次の日にはどこにもおらん！　みんな、どんどん死んで行くんや！」

「……裕之」

「目の前で吹っ飛んだ奴もおるし、ゆっくり死んでいった奴もおる。……なのに俺は戻ってきてしもうた。肺の病気や、言われて、ホッとしてしもた」

「そんなん、普通のことや。……誰だってみんな、そう思うわ！」

「あったかい布団！　あったかい風呂！　あったかい食事！　母さんがおって、兄さんがおって、世津がおる。……でも毎日、夢に見るんや。俺はまだ戦場におる。そっちが本物や、思って起きるんや。俺は帰らなあかん。国のためや。みんなの命を無駄にはできん」

泣きじゃくる裕之を渾身《こんしん》の力で押し返し、修はなんとか浜辺に戻った。

「逃げるは男子一生の恥や！　この国のためや！　俺は軍人としての務めを果たさな、あかん！」

世津がようやく、血相を変えて追いついてくる。それにも気づかず、裕之は両手で顔を覆い、激しく泣き始めた。

「戦わんとあかん！　俺だけ死なんわけにはいかん！　……死なんわけにはいかんのや！」

「裕之……」

「裕之兄ちゃん！」

世津が裕之にすがり、ボロボロと涙を流した。自分まで濡れてしまうことも、外聞も気にせず、彼女は修と裕之、二人をきつく抱きしめる。

「戦争なんか、はよ終われぱええ。勝っても負けてもかまわん！」

「……っ」

世津の叫びが修の胸を刺した。

……確かにそうだ。本当に、その通りだ。

だが時代がそれを認めてくれない。この戦に勝たねばならぬ、勝つまで戦は終わらぬと喧々囂々《けんけんごうごう》わめき立てる。ゆえに修は世津の言葉に賛同の声を返せない。心の中では彼女が正しいと認めているのに、言葉が口から出てこない。

——翻弄されている。自分も、裕之も。

その事実に打ちのめされる思いがした。

（それでも……）

裕之の手が、世津の手が、背中に食い込む。

それだけを離さぬよう、修もまた二人をきつく抱きしめ返した。

＊

数日後、穏やかな京都の夜に空襲警報が鳴り響いた。

久しぶりに日付が変わる前に帰途についていた修は、慌てて家まで走って帰る。玄関に飛び込むと、家は明かりが消えていて、がらんとしていた。

そんな中、裕之だけがのんびりと縁側に座り、空を見上げていた。

「母さんたちは⁉」

「防空壕につれてった。世津も、清三さんも大丈夫や」

慌てる修を振り返り、裕之はおかしそうに肩を揺らして笑った。その態度に、思わず修は脱力する。

「なに、のんきなこと言ってるんや。俺らもはよ避難せんと」

「ああ」

笑ってうなずきながらも、裕之は立ち上がるそぶりを見せなかった。目に怯《おび》えの色はなく、虫の音に聞き入っているのかと思うほど、穏やかに空を見上げている。

確かに彼にとっては、この程度のことは怖くもなんともないのかもしれない。実弾が飛び交う戦場に比べれば、実家の縁側で敵機を見上げることはお月見と似たようなものなのだろうか。

「髪、切ったんやな」

修も防空壕に行くのはやめ、戸棚から湯飲みを二つと酒瓶を持って縁側に戻った。二つともなみなみと満たし、「乾杯」と笑いあって杯をぶつける。

「ああ、昼間、母さんにバリカンでやってもらった。すっきりしたやろ?」

「男前が上がったわ」

修は軽口を叩きながら、どうかちゃんと笑えていますように、と心の中で祈った。なぜ髪をきれいに刈りそろえたのか……。そんなことは改めて言われなくても察してしまう。

「明日発つ。兄さん、元気でな」

そんな修の心中を知ってか知らずか、裕之がなんてこともないような声音で言った。

数日前、海で激しい感情を吐露した後、裕之は再びいつも通りの穏やかで明るい彼に戻った。あの時のことはなかったように振る舞うので、修も話を蒸し返せずにいる。ああ、とうなずきつつ、それでも無言でいることはできず、迷った末に口を開いた。

「今、開発しとるもんが完成すれば、戦争は終わる。世界を変えられる」

「そうか。待ってるで」

「一歩一歩進んどる。少しずつ前進しとるんや。せやから、もう少しだけ……」

「兄さん」

必死に言葉を探す修をちらりと見て、裕之が言った。

「なんや」

「世津を幸せにしてやってくれ」

「な……っ」

「世津はええ女になった。はなたれやった頃が信じられん」

「……なにアホなこと言うてるんや。世津が好きなんはお前や」

「兄さんは何もわかっとらんのう」

大人びた顔で笑う裕之に、何か言い返そうとした時だった。

「勝手に決めんといて」

「……世津!」

ムッとした声が割り込んできて、修たちは弾かれたように振り返った。

呆れ顔の世津がこちらをにらんでいる。空襲警報が響いているのに、いつまで経っても避難してこない二人に業を煮やし、迎えに来たのだろう。

「私は忙しいんや。やることがたくさんある」

「あ、ああ」

「おじいちゃんの面倒も見なあかんし、フミさんが歳《とし》とらはったら、その面倒も見てあげなあかん。山ほどお世話になった恩を返さんとな。……それに私、戦争が終わったら、仕事するんや」

「仕事？」

きょとんとした顔で聞き返した裕之に、世津は当然のようにうなずいた。

「教師になる。学校では教師が足りんで困っとる。男の先生は兵隊に行っとるし、女の先生は疎開してる。戦争が終わって、子供らが学校に行けるようになったら、先生たちが戻ってくるまで誰が勉強を教えるんや。私らみたいな卒業生が頑張って、すぐに学校が始められるようにせな、あかんねん」

「世津、戦争が終わった後のこと、考えてんのか」

政府は「今の話」しかしない。戦争に勝つため、今は耐える時だ。全てを差し出す時だ、と。荒勝はエネルギー資源を得た後の話をしたが、具体性のある話ではなかった。

だが世津は自分のこととして、戦後のことを語った。地に足のついた、確かな口調で。

「当たり前や。二人は考えてへんの？」

唖然《あぜん》とした二人に対し、世津は呆れ顔で言った。

「何のための戦争やの。日本をよくするためやろ？　そしたら戦争の後どうするか考えとかな、あかんやろ」

「そ、そやな」

「本当に、ちゃんと考えなあかん。子供たち見てたらわかるんや」

世津はぐっと眉間にしわを寄せた。

「働いてる工場には子供もおるんや。まだ十代の女の子たち。明るくて元気で働き者で、いてくれると、うちらまで元気になる」

「そうか」

「でもそこで子供たちに聞いたんや。『あなたたちの夢は何？』って。……そしたら『早う結婚して、たくさん子供を産んで、お国のために捧げます』って」

「……っ」

思わず絶句した二人の前で、世津は悔しそうに唇を噛んだ。

「そんなんおかしいわ。絶対おかしい。けど、そう言わせてんのはうちら大人や。そういうのが『正しい日本人』やと思わせてしまってる」

「……ああ」

「今、日本はモノもお金も使い果たしてる。その時に大事なんはヒトや。教育や！　今の間違った教育やない。もっと心と頭を豊かにするような……そういう教育をせなあかん」

せやから、と世津は一息ついて顔を上げた。

「結婚はその後や。いや、結婚はせんかもしらん。そんなもこんなも自由な時代になる。……ま、ゆっくり考えてあげる」

「……はい」

「はい……」

大の成人男性が二人そろって完敗だ。科学者だろうが軍人だろうが、世津の前ではただの石村修と石村裕之に戻ってしまう。

だがそれが笑えるほど小気味よかった。こういう女性だから、自分たちがそろいもそろって惹《ひ》かれるのだろう。

「ほんま世津には敵わん」

「けど、それにはまず裕之さんが無事に帰ってくることや」

「えっ」

不意に敬称をつけて呼ばれ、裕之がうろたえた。修も反射的にひやりとする。

自分たちを「修さん」「裕之さん」と呼ぶ時、世津はまるでフミのような顔つきになる。聞き分けのない子供を叱る、母親のような顔だ。

少し前、買い出しに行ったあとで海に寄った日、いなくなった裕之を夜通し探していた時の記憶がよみがえる。あの時も世津に毅然《きぜん》とした態度で諭され、修はろくに反論することもできなかった。

「怪我なんてしたら承知しませんよ」

裕之の手をきつく握り、世津が言う。

「わかりましたか！」

「……は、はい！」

続けて世津は修の手をしっかり握った。小柄な世津のどこにこんな力が、と驚くほど強い。そして熱い。

「修さんは学問を頑張ること！」

「……え」

「返事！」

「はい！」

思わず背筋を伸ばして声を張る。

そこで顔を見合わせ……三人そろって吹き出した。

「ふっ……ははは、世津、母さんそっくりや」

「参った。降参や」

「わかればええんや」

修と裕之は二人して少し外側に身体をずらした。そこに世津がストンと座る。

三人で縁側から空を見上げ、ようやく気づいた。

もう敵機はどこにもおらず、空襲もやんでいる。話し込んでいる間にどこかに行ってしまったらしい。

「そやな。いっぱい未来の話をしよう」

裕之が言う。

「終わった後のこと、三人でいっぱい話そう」

「ああ」

修と世津もうなずいた。

愛《いと》しくなるほど切なく、かけがえのない時間だった。

10

翌朝、修は甘い匂いで目を覚ました。

裕之と世津とともに夜通し話していたため、いつ寝たのかも覚えていない。それでも目覚めた瞬間、意識が覚醒した。

「…………」

一階の台所で、フミが米を炊いていた。深刻な食糧難の中、少しずつ貯めていたものだろう。おそらくフミは今日、その全てを使って、握り飯を作っているに違いない。

「では」

その数時間後、修たちは家の外にいた。

戸口を背にして修とフミ、世津が立つ。向かい合い、裕之が目を細めた。フミが渡した握り飯の包みを持ち、髪をきれいに刈りそろえ、しわ一つない軍服に身を包んだ格好で。

このひと月半ほど、一度も袖を通さなかった軍服はパリッとのりがきいている。これもきっとフミが昨夜のうちにアイロンをかけたのだ。

自分の腹を痛めて産んだ子供を戦場に送り出す母親の気持ちは、修にはわからない。想像しようとするだけで内臓がよじれるような痛みを覚えるが、フミはこの何倍、何十倍の辛苦を感じているのだろう。

「気ぃつけてな」

迷ったが、結局修には平凡な言葉しか出てこなかった。

だが、その言葉にありったけの思いを込めた。固く握手すると、裕之が笑い返してきた。

「ああ。兄さんも気をつけて」

「裕之兄ちゃん、これ、お守り」

世津が裕之に何かを渡した。幼い頃、列車事故で亡くなった両親の形見だ。父親の遺《のこ》した革紐に、母親が遺した指輪を通し、世津はいつも持ち歩いていた。

「私の宝物やから、ちゃんと帰ってきて返してね。絶対よ」

「ああ、ありがとう」

裕之は大切そうに指輪を握りしめ、自分の首にかけた。

そしてゆっくりと家族を一人一人見つめ……

「お母さん、お身体に気をつけて」

急に改まった、ハキハキとした口調で告げた。

無我夢中で一歩前に出たフミがハッとして足を止める。我が子を抱きしめようとした手を下ろし、深々と頭を下げた。

「………」

なんて手本のような「国民」だろう、と修は思った。本当はこんな風に感情を殺し、見送りたくないだろうに、裕之もフミも、正しく軍人とその母親であろうとしている。それがもどかしいのに、何も言えない。気後れしているというよりは、自分もまたこの国の「教育」に染まってしまっているからだ。

軍人として胸を張って戦場へ行く裕之は善。そんな息子を誇り、黙って見送るフミも善。様々な思いを抱きつつ、お守りを渡して送り出す世津も、正しくこの国の民であろうとしている。

「お母さん、ありがとう」

最後に母に礼を言い、裕之は一歩下がって敬礼した。

「では、行って参ります！」

それだけだった。涙の別れがなかったというよりは、裕之が拒んだように見えた。

（別に今生の別れやない）

修はどんどん小さくなる裕之の背中を見つめながら、必死にそう言い聞かせた。

裕之はきっと生きて帰ってくる。戦争が終わり、彼が無事に帰ってきて……自分はまた、少しだけ居心地の悪い思いをしながらも、母と弟、世津とその祖父の四人とともに、穏やかに暮らすのだ。

少し先の角を曲がって消えた裕之の背中をいつまでも見送りながら、修は胸にじわじわと這いのぼってくる不安を振り払おうとした。

＊

誰が去っても、修の日常は続いた。遠心分離機の実験は相変わらず一進一退を繰り返し、華々しい成果は上がらない。何よりも、全員が研究室に集まることで、余計に欠けた一人のことを思い出すのがきつかった。

これまでは村井と花岡が言い争っても、ほどよいところで堀田が止めたが、今はその彼がいない。軽口の応酬ですむはずのやりとりが口論に発展し、空気がピリッと張り詰めることもあった。以前のように取っ組み合いの喧嘩になることはなかったが、ひやりとする場面は何度もある。

（こういう時こそ俺が止めな、あかんのやろうけど……）

堀田のようにやろうとしても、どうにもうまくいかなかった。相変わらず修は他人の会話にうまく入る方法がわからない。

そんな風に何もかもがうまくかみ合わない日常の中でただもがいていた時だった。

「荒勝先生はいらっしゃいますか！」

ある日、実験中の修たちのもとに荒々しい足取りで、誰かが飛び込んできた。聞き慣れた声に、修たちはハッと息をのむ。

「堀田！」

「堀田やないか！　お前、戻ってきたのか！」

やはり戦場で命を散らすより、研究の方が大事だと思い直して戻ってきてくれたのだろうか。修と花岡は堀田に駆け寄り、普段斜にかまえている村井もホッとした顔になる。

だが笑顔で迎えようとしたところで、修は違和感を覚えた。

「……堀田？」

納得して戻ってきたのだと思ったが、堀田の様子がおかしい。彼は頬を怒りで染め、固く握りしめた両手の拳をブルブルと震わせている。今にも爆発しそうな激情を必死で抑えているようだ。

「先生ならここにおられる」

困惑する学生たちとは反対に、教員たちは落ち着いていた。

助教授の木戸が半歩下がり、椅子に座っていた荒勝への道を開ける。堀田はつかつかと荒勝の前まで歩み寄り、ぐっと全身に力を込めた。

「戻れ、言われました。お前は必要ないと。……どういうことですか！」

「私が君を呼び戻した」

当たり前のようにさらっと荒勝が言った。そのそばで木戸と助手の清田が視線を交わす。

「軍医殿に我々の研究のことを話して、肺浸潤ということにしてもらった」

「私が電報を打った」

「皆さん全員で仕組んだ、いうことですか！　なぜですか！」

堀田は激情のまま、荒勝に食ってかかろうとした。慌てて花岡とともに彼を止めつつ、修も混乱していた。

（堀田が帰ってきてくれてうれしい）

だが国をあげて徴兵を歓迎する中、貴重な兵士を呼び戻したとはどういうことなのか。

「病ではないんだよな……？」

「健康体や。せやから、なぜ……」

「この研究室に君が必要だからだ」

荒勝が穏やかに言った。

「僕はただの学生です。ろくな知識もない、ただの……」

「だからだよ。学生だから、大学に残るべきなんだ。無駄死にをすることはない」

「僕は、命など惜しくありません！」

「阿呆《あほう》！」

「……っ！」

荒勝が激しく一喝した。いつも穏やかな彼が激高するのは初めてで、堀田だけではなく周囲にいた修たちまで雷に打たれたような衝撃を受ける。

絶句する学生たちを順に見回し、荒勝はなおも激情を露《あら》わにした。目は激しく燃え、全身から言い知れない凄《すご》みが立ちのぼっているようだ。

「ええか。わしは若者への憐憫《れんびん》で、こんなことをしたわけやない。これはわしの信念や。わしはどんな手を使っても、君たちを戦場には行かせん。君たちは死んではいかん。生きるんや」

「……それが、先生の目的やったんですか?」

思わず修は口を開いた。それほど荒勝の言葉は衝撃的だった。感動ではないが、ではどんな感情なのかと聞かれてもうまく言葉にならない。

困って周囲に目を向けると、村井と目が合った。村井は修より正確に自分の感情を理解できていたのか、すうっと目をすがめる。

「学生を温存するために軍の研究を引き受けて、錦の御旗《みはた》にしたと」

「村井、そういう言い方はなかろう!」

「言葉を飾ってもどうにもならんでしょう、清田さん。我々は軍の言いなりになることで命を拾っている。みんな、内心わかってたでしょう。研究のおかげで徴兵を免れてるってほくそ笑んでる。……違いますか」

「それは」

清田が気まずそうにうつむいた。

言い返せないのは当然だ。清田も、そして修も村井の言葉が正しいと心の中で認めてしまっている。

……不正だ。

これは国家による選別だ。軍の研究をすることで勝利に寄与できる学生は戦場に行かなくてもよい、と国が認めてくれている。

そして荒勝はそれを知った上で、その不正を受け入れた。己の信念のために。大勢の文系学生が戦場に送られていることには目をつぶり……。

（先生）

荒勝はぐっと唇を引き結び、岩のような顔で修たち全員を見つめていた。今、ここで修が彼の非道を罵《のの》ったとしても、彼はきっと全ての批判を受け止める覚悟なのだろう。

「……実験……」

「修？」

いぶかしげな顔をした花岡に、修は曖昧に笑った。

「まだまだ回転が足りません。実験しましょう」

「修……」

「前に進むんです。そうやないと……そうやないと、裏切りやないですか」

科学の知識を持たなかったから戦場へ行った裕之に対する……本当は戻りたくなかったのに「死なんわけにはいかん」と泣き崩れ、恐怖に怯える心を奮い立たせながら戦場に向かった彼に対する、裏切りではないか。

屈辱も負い目も無力感も、自分の中にある全てを燃料にして燃やして、自分たちはこの実験を成功させるしかない。

「作りましょう。我々の手で……！」

「そう、我々は、必ず原子核分裂の連鎖反応を成功させる。それだけや」

荒勝が静かに修の言葉を引き継いだ。学生たちに今、残酷な現実を突きつけながらも、彼の言葉には一片の曇りもない。

（先生も必死なんや）

この時、修は初めて荒勝の本心に触れた気がした。

ずっと穏やかで余裕があるように見えていたが、多分違う。荒勝はもうずいぶん前から、引くに引けない崖っぷちで一人、なりふり構わずにもがいていたのだ。

彼に報いたいと思った。そしてそれ以上に、進まなければ、と思った。

（進まなければ、何も見つけられない）

その先に何があるのか、何を見るのかもわからないが、科学者たちはその「なにか」を形にするために進むのだ。未来の話をするために。

それを形にしてしまうことの恐ろしさを修自身、何も知らぬまま。


「回転数、五万を超えました！」

今まで以上に修は研究室に入り浸るようになった。寝る間も惜しみ、ただひたすら実験を繰り返す。仲間たちも同様に、誰もが研究のこと以外話さなくなっていた。

実験中、ドーン！　と遠心分離機から派手な音が鳴る。素早く身を伏せつつ、状況を確認するが、分離機自体に異常はない。

「なんや今の」

「衝撃波や。回転が上がっとる、いうことや」

「なら、この調子でいけば」

「ああ、次は必ず」

おお、とあちこちで雄叫《おたけ》びのような声があがる。

……そんな時だった。村井の自作ラジオが雑音混じりの英語を拾ったのは。

『……が……ザザッ……が、は……ザッ……、……よりトルーマン大統領の演説をお聞きください』

修たちは研究室でそれを聞いた。

『……今から少し前、アメリカの航空機が広島に一個の爆弾を投下し……』

――アメリカ、広島、爆弾。

いくつかの単語を耳で拾い、ノートに書き留めた。

『敵の重要拠点を破壊した。この爆弾にはＴＮＴ火薬二万トン以上の威力がある……』

――atom、太陽、二十億ドル。

聞き取れる単語はどれも、絶望と言い換えることができるもので……。

『コレは原子爆弾である。宇宙の基本的エネルギーを利用したものだ。太陽のエネルギーが、極東に戦争をもたらした者たちに向かって、放たれた』

――一九四五年八月六日午前八時十五分。

アメリカの原子核爆弾が、広島に投下された。

11

ガタガタと激しく汽車が揺れる。

ぎゅうぎゅうに乗客が押し詰められた貨車内は蒸し風呂のような暑さで、息苦しい。

修は荒勝、木戸、清田、花岡とともに夜通し汽車に揺られ続けた。

助教授の岡野や修の同期である村井や堀田は待機組だ。こういう時に待機させられることを嫌う村井ですら、班割りを決めた荒勝に一言も異を唱えなかった。

怯えたのではない。そこまで頭が回らなかったのだろう。

修も同じだ。ただ荒勝から言われるがまま、皆の後をついて汽車に乗り込んだ。これから自分がどこへ向かうのかはわかっているが、何を見るのかはわからなかった。

不思議と恐ろしさは感じない。

だが身体の震えが止まらない。熱でもあるのか、頭はずっとぼんやりしていて、自分がうまく座れているのかどうかもわからなかった。

（怖くは、ない……）

いや、違うな、と緩慢に思い直す。きっと今、自分は恐ろしくて恐ろしくて……恐ろしすぎて、感覚が麻痺《まひ》しているのだろう。

隣に座った花岡も修と同じだった。二人とも相手の顔を見ることはなかったが、等しく震えていた。ただ隣に仲間の体温があることで、泣きたくなるほど安心できた。

……ゴトン、ゴトン、ゴトン。

夜通し汽車は進み、やがて止まった。

「………」

大きな扉を開く。

促されるまま、外に出て……立ち尽くした。

広島の街は見渡す限り、焼け野原だった。

「………」

太陽の下、痛いほどの静寂がそこにあった。風の音だけが聞こえる。ヒュウヒュウ、ビュウビュウと。

　頭が真っ白になった。

　目には何かが映っているのに、脳がそれを理解することを拒絶している。がれきだ。がれきしかない。山脈のように空まで届くほど、建物の残骸が散らばっている。……いや、違う。川だ。大河のように、がれきの川ができている。いやいや、谷だ。街一つを飲み込んだような、がれきの亀裂が目の前に広がっている。

「あ……」

　あかん、と思った。

　目の前に広がっているのがなんなのか、わからない。がれきの川だの、がれきの谷だの、意味のわからないことが頭に浮かぶばかりで、自分が何を見ているのか、正しく脳が理解できていない。

　ガクガクと足が震え、膝をつきそうになった。それでいて足は根が生えてしまったように動かない。足の裏を通し、何かが吸い取られていくようだ。

「なん……な、な――……」

　隣で花岡も溺れ死ぬ寸前のようなか細い悲鳴を上げ続けていた。

　驚愕する二人の学生の隣で、さすがに教授ら三人は落ち着いていた。本当に落ち着いていたのかはわからないが、少なくとも表向きは落ち着いているように見えた。

「……調査を」

長い沈黙の後、荒勝がそれだけ呟いた。

促され、修はつんのめるようにして歩き出した。錆びたブリキ人形のようなぎこちなさで、何度もがれきにつまずきながら、「街だった場所」をさまよい始める。

どこへ行っても嗅いだことのない異臭が漂っていた。

埃と、生ゴミなどが腐ったような匂い。焦げ臭さと化学薬品じみた匂いが複雑に入り交じり、とっさに脳が拒否するような悪臭になっている。

建物や塀だったがれきに、人形《ひとがた》のすすのようなものがいくつもついていた。建物に押しつぶされる形で、息絶えている人もいた。カラカラと回り続ける三輪車の車輪や着物の袖、タンスなどの家財道具は全て灰と埃の下敷きになり、砂埃をかぶっている。

どこかの建物に飾られていたのか、写真が入った額縁が転がっていた。小学生たちが大勢、肩を並べて笑っている写真だ。彼らはいない。どこにも。

「…………」

のろのろと辺りを見回した。

野火があちこちで上がるが、消す人はいない。普段ならば火事の心配もあり得るが、ここはがれきしかない。類焼することはないだろう。

「こ、れが……」

無意識に修は口を開いていた。自分が喋っているという自覚もなかったが。

「これ、が、僕たちが作ろうと、していたモノの、正体な、んですね……」

「――……っ、……ぅ、……ぅぅ――……」

花岡がよろめき、顔を覆った。灰で汚れた頰を涙のあとが何本も伝う。

こういう時にちゃんと涙が出る花岡が隣にいてくれてよかった、と修はぼんやりした気持ちのまま考えた。自分はどうにもこうにも、自分自身を斜め後ろから見ているような感覚が消えないが、花岡といると、少しだけ自分の中にも感情が戻ってくる気がする。

「始めよう」

荒勝が言った。

彼に従い、土や金属片、溶けたガラス瓶などを拾い、背嚢に詰めていく。何をどこで拾ったのかをノートに記録しながら、修はぼんやりしたまま作業に没頭した。

清田がカメラでがれきの山を撮影する中、

「先生」

木戸が荒勝を呼んだ。

ハンカチに包んだ何かを差し出す。人骨だ。

「人の骨は放射線の影響を受けやすい。研究室に持ち帰って調べよう」

「はい。……石村」

呼ばれて駆け寄り、受け取った人骨を丁寧に包んで自分の背嚢に収めた。

「……っ」

……重い。

その瞬間、あまりの重さに修はよろめきそうになった。花岡が修の腕をつかんでくれたため、なんとか倒れずにすんだが、まるで全力疾走した後のように息が切れた。

(重い)

骨は片手に収まる程度の小ささだというのに、なんと重いことか。

自分が今、名も知らぬ犠牲者を背負っていると思うと、足が震える。

「先生」

その時、改めて木戸が小声で荒勝を呼び止めた。

「長崎に二発目が落とされたそうです」

「……そうか」

教授たちの声は耳には届いたが、頭には入ってこなかった。

ただ彼らの会話をこれ以上聞いていられず、修は衝動的に隊から離れた。肩が外れそうなほどの重さを感じつつ、修はゼイゼイと息をしながら街を歩いた。

ほとんど形を成していない建物の残骸がある。

アーチ状のがれきの陰で、かすかに泣き声が聞こえた。

「……っ」

信じられない思いで駆け寄ると、がれきのそばで泣いている少女を見つけた。奇跡的に軽傷だ。

なぜ、と思った後、すぐに気づいた。少女のそばに、真っ黒に炭化した遺体がある。ちょうど何かに覆い被《かぶ》さるような形のままで。

建物の陰に隠れ、なお我が子を抱きしめて守った親の姿が見えた気がした。爆弾が投下される予兆はなかったはずだが、一瞬の間に行動したのだろう。

おそらく意識した上での行動ではなかったはずだ。本能に基づいた愛情のような……。

「……おいで」

少女を抱き上げ、修はよろよろと建物を出た。

そのそばを一台の車が通りかかる。どこかの避難所に向かう途中の軍用車だ。中に大勢の怪我人が乗っていたが、修たちを見かけると停車した。運転していた男は少女だけを預かると、再びどこかへ向かって車を走らせていった。

(……あなたは)

ふらふらと荒勝たちのもとに戻りながら、修は心の中で問いかけた。今まで実験中に響いていた「声」に向けて。

(あなたは、こんな結末を予想しましたか)

『もちろんだ』

(ではなぜ)

この声のことを、科学の師のように感じたこともあった。多くのことに迷い、悩む修に明確な道を指し示してくれるアインシュタインのようだと。

だがこの時、修の頭の中で「声」はどこまでも冷徹に響いた。もしかしたら最初から、「声」はこういう存在だったのかもしれない。自分の中に潜む、ただ真理の探究だけを求める業のような声。

『私には止められない。コレは結末ではない。科学の進歩の一過程なのだ』

(そんな)

『原子核のレベルまで突き詰めた時、破壊は美しい。君もその魅力に取り憑かれた』

(それとコレとは……！)

『同じことだ。何も変わらない』

(では、コレは必然だと？)

『イエス。科学は倫理を超えていく。それは誰にも止められない。これまでもそうだったし、これからもそうだ』

——倫理を超える。

自分の中に潜む内なる声の応えに修は戦慄した。

それはおそらく真理だろう。だが同時に、だからこそ、とも思うのだ。科学は倫理を超えるが、科学を学ぶ人間は、倫理を有することができる。

……できたはずだ。そうあるべきはずだった。

……なのになぜ、こんなことに。

＊

その後、どうやって帰途についたのか、修はよく覚えていなかった。

ただ窒息しそうな移動に耐え、京都に戻った瞬間、修は思わず泣きそうになった。

家がちゃんと建っている。ちゃんと人が生きている。

大丈夫。ここは安全だ。

ここは修のいた日常だ。

言葉少なに荒勝が解散を告げ、修はふらふらしながら家に帰った。

「ただいま……」

だが玄関を開けた修に応える声はない。いつもならフミや世津が迎えてくれるのに。

玄関は静まりかえり、重い空気が立ちこめている。息をすることすらはばかられる、ゾッとするような重苦しさだ。

これは、なんだ。

ぞくん、と心臓が嫌な音を立てた。

「だれか……」

「修兄ちゃ……」

廊下を歩いた時、背後から声がかかった。

「……世津ちゃん？」

「裕之兄ちゃんが」

「……っ！」

がくりと膝をついた世津を見て、全てを察した。

血の気が引いた。手足の先が氷のように冷たくなり、めまいが襲ってきた。自分自身を斜め後ろから見ている感覚が再び襲ってきた。いつも気丈な世津が崩れ落ち、その隣に膝をついたまま、オロオロとなすすべもなくうろたえるばかりの自分が見える。

——現実に、戻ってきてなどいなかった。

自分はまだ、あの覚めない地獄の中にいるのだ。

「かあ、さん」

よろめきながら、修は居間に向かった。障子を隔てた隣の部屋にフミの背中を見つけ、呼びかける。

だがフミは微動だにしなかった。激しい拒絶の気配を全身にまとわせ、仏壇をにらみつけている。悲しみなど欠片もない。フミの全身を満たしているのは、この常世に対する憤怒《ふんぬ》と慟哭《どうこく》だ。

なぜ、なぜ、なぜ。なぜ私の子が、こんなことに。なぜあの子はこんなことを。

フミはこの国を呪い、この時代を呪い、それだけでは収まりきらず、修や裕之自身に対しても怒って、怒って、怒っているようだった。

「母さん……」

「なんであの子が……！」

喉の奥から絞り出すような声でフミが叫んだ。

その言葉が真っ赤な血で濡れているような錯覚を覚え、修は思わず絶句した。硬直して青ざめる修を見もせず、フミが畳に何かをそっと置いた。

……手紙だ。

それきり、再び仏壇の方を向いてしまったフミには話しかけられず、修は恐る恐るその封筒に手を伸ばした。

——読みたくない。

とっさにそう思ってしまった。ここに何が書かれていようと、それを読んでしまえば、もう現実を認めざるをえなくなる。

だが自分の意に背き、手は勝手に動いて封筒を開けた。読みたくないのに、目は手紙に向いてしまう。理解したくないのに、意識は全てそこに集中してしまう。

『母上様、生を受け、二十六年の長い間、小生を育まれた母上にお礼申し上げます』

手紙はそんな風に、しっかりとした文面で始まった。

躍動感のある力強い筆跡から、一目で裕之の直筆だとわかる。

『母上様

生を受け、二十六年の長い間、小生を育まれた母上にお礼申し上げます。

飛行機の道を選んだことは母上様の胸を痛めたことと思います。親不孝の数々、お許しください。

再び帰らざる出撃命令が下りました。今に及び、何も心残りはありません。この手紙が着く頃、戦果をあげてみせます。裕之はお国のため、笑って死にます。母上と兄上の幸福をお祈りします。

追伸

兄さんも頑張ってください。そして世界を変えるような大きな学問をしてください。それが僕の願いです。

もうお会いすることはありません。母上を頼みます。世津ちゃんによろしく伝えてください。

……それと、これはやはり兄さんが持っていてください。同封します。

身体に気をつけて。さようなら』

「……裕之」

なんて裕之らしい文面だろう、と修はめまいを覚えた。

耳の奥で、裕之が喋っているようだ。あの深みのある、穏やかで力強い声で、裕之がそばで話しかけてきたような気がした。

ぐにゃりと足下がゆがんだ気がして、修は畳に手をついた。吐き気と悪寒が全身を満たし、このまま倒れてしまいそうになる。

「裕之」

これが最後の手紙だなんて信じられない。だって裕之の残した手紙は若々しい生命力にあふれている。こんなにもやる気にあふれ、誇らしげに前を向き、堂々とした手紙を残すのなら当然戻ってくるはずだ。

そうでなくてはおかしい。裕之のような若者が戦死する世の中なんて正しいはずがない。

「……っ」

何か、読み飛ばしている文章があるのではないか、と修は必死で探した。

「……あ」

封筒をひっくり返したとき、何かが中から転がり落ちた。拾い上げ、ハッと目を見開く。

（指輪）

世津が「お守り」として裕之に渡した指輪だ。世津の両親の残してくれた、彼女の大切な宝物。

それを持って行くこともできただろう。世津の存在を少しでも身近に感じられれば、死の恐怖は和らいだかもしれない。

だが裕之はそれを返却した。自分が一瞬楽になることより、これから先の未来を生きる世津に宝物を返そうとしたのだろう。

本当に彼は最後の最後まで「裕之」だった。

まぶしくて、力強くて、どうしても劣等感を感じてしまって……それでいて、修の大切な、たった一人の弟だった。

（世界を変えるような……）

大きな学問。

裕之の手紙に書かれたその字を指でなぞる。

裕之がこの手紙を書いたのは、おそらくかなり前のことだ。広島に原子核爆弾が落ちたことも、その威力がどれだけのものだったのかも知らないだろう。

アレと同じものを開発する研究をしていたのだ、自分は。

そしてその開発戦争に負けた。

自分は、世界を変えるような大きな学問はできなかった。

命を賭《と》して、裕之が願ってくれたのに。

＊

数日後、修は一人、京都帝国大学を訪れた。

あんなに連日、皆で集まっていたというのに、今はもう大学には誰もいない。木戸たち助教授は広島で回収した「もの」の分析や調査を続けているそうだが、それはもう、どうでもいい。荒勝にとって、修たち学生は庇護《ひご》する対象であり、命運をともにする戦友ではなかったのだとしてもどうでもいい。

新しい遠心分離機の仕組みを考えついたことも、実際に広島の地で見たものも、全てがもはやどうでもよかった。

「………」

一歩一歩、足を踏みしめて歩く。

目当ての部屋に向かい、ドアをノックした。

「荒勝先生」

部屋で、荒勝は机に向かっていた。広島の調査をまとめた報告書を書いていたのだろう。

「よろしいでしょうか」

「ああ。……石村くん？」

顔を上げた荒勝が少し不思議そうな顔をした。怪訝《けげん》そうで、不安に駆られたような形容しがたい顔だ。……自分は今、なにか変な顔をしているだろうか。

「ちゃんと寝ているか？　食事は？」

「もう一度広島の調査をされると伺いました。僕も参加させてください」

「うん……ああ、むろんだ。もちろん」

「ただし、広島には行きません」

「……うん？」

「提案があります」

困惑した顔の荒勝に、修はゆっくりと一歩足を踏み出した。

その前日のことだ。夕食後、修はフミと世津を呼び止めた。

会話もない食卓は冷え切っていて、真夏だというのに指先がかじかんでいる。修が広島から帰ってきた日……裕之から手紙が届いた日から、もうずっとこうだ。

フミも世津も、暗い色の着物しか着ない。食卓から笑顔も消えた。

あれからまだ数日しか経っていないのに、もう何年も石村家は暗い地獄にいる気がする。この状況を変える術《すべ》など、修には考えつかなかった。

この家を明るく照らすのはいつだって裕之の力で、彼がいなくなった今、この家は明けない夜をさまようしかない。そんな絶望的な考えが修を捉えて離さなかった。

「母さん、世津ちゃん、話しておかな、あかんことがある」

修の声に普段とは違う様子を感じたのか、フミがゆっくりと顔を上げた。世津も不安そうにこちらを見つめている。

「広島と長崎に新型爆弾が落とされたのは知ってるやろ」

「……うん、街が壊滅したって」

「原子核爆弾や。実はな、あれと同じもんを、俺は開発しとった」

「……っ」

「…………」

世津とフミがともに言葉を失う。

その視線に耐えきれず、修は思わずうつむいた。……だが、それも一瞬のこと。すぐに顔を上げる。

「けど、できんかった。アメリカに先を越されたんや。……俺は悔しゅうてならん。開発競争に負けたこと。そのせいで、日本の都市があんな風にされたこと。……この日で見た広島の街は、そら……地獄や」

「…………」

「うちの研究室はもう実験をやめた。今更開発しても、もう何の意味もないからや。続けろ、言われても無理や。広島を目の当たりにした今、とてもできん」

「修兄ちゃん……」

「俺は裕之との約束を果たせんかった。世界を変えるような大きな学問をしてほしい、言うてくれたのに」

思わず言葉が詰まった。

身体が呼吸の仕方を忘れてしまったように、はぁはぁと息が切れる。酸欠で目の前がチカチカと光った。それでも修は自分の胸を拳で押さえ、声を絞り出した。

「でも、まだや。できんかったなら、できんかったなりに筋を通さな、あかん。俺は世界を変えられんが、次の世代ならきっと……きっと」

「修兄ちゃん、何言ってるの」

世津が不安そうに口を挟んだ。その声も聞かず、修はぐっと爪が食い込むほどきつく拳を握りしめる。

「次に爆弾が落とされるんは、京都やという噂があるんや」

「……聞いた。これまで京都を焼き尽くさんかったんは、新型爆弾を試すためやって」

「ああ。……ほんまかどうかはわからんが、街の噂は侮れんと思う。……せやから二人には、京都から逃げてほしい。綾部《あやべ》に親戚のおじさんがおるやろ。清三さんも連れて、とりあえずあそこまで離れれば安心や」

「それはわかるけど、他の人は？　近所の人たちは？」

「次が京都、言うんはあくまで噂でしかない。京都の皆が避難するのは無理や」

「でも」

世津が困ったようにフミを見た。

フミは何も言わない。修はたたみかけるように身を乗り出した。

「そうしてほしい」

「修兄ちゃんは？　どうするん？」

「俺は……比叡山《ひえいざん》に登る」

「え……？　なんで？」

「爆発の瞬間を見るためや。上空で原子核爆弾が爆発するのを、見てみたい。原子核物理学者の端くれとして、そうしようと思う」

「……っ」

世津とフミが絶句した。

修は真っ正面から彼女たちを見つつ、どこか現実感のない頭で考えた。

原子核爆弾の衝撃波を、熱線を、破壊力を、そして放射線を正確に計るためにはできるだけ近い場所で観測することが重要だ。ラジオから流れる声で知るのではなく。破壊され尽くした街に、全てが終わったあとで向かうのではなく。

むろん、実際にそんなことが起きたら、自分も無事では済まないだろう。

だが、それがなんだというのか。

科学の発展のために犠牲はつきものだ。現に広島の街はそれで焼かれた。何の罪もない人々が犠牲になった。

加害者だけがその悪夢を逃れられる、なんて都合のいい話があるわけない。自分は犠牲になる。だが、その時は確実にデータを残す。

それでいい。それだけでいい。今度こそ、この先の未来のために。

「……そう決めた」

修は静かに言った。

「全て記録するんや。それがきっと次の世を生かす。きっと大きな学問をしてくれる。……全部、全部、全部や！　このまま負けたまま終わるわけにはいかん。全部次の世代がやってくれる。全部、次の世に残すんや」

「恐ろしいことを言わはるな」

「……母さん」

ずっと黙っていたフミがようやく口を開いた。その声は固く、怒りで震えている。

フミは修をまっすぐににらみつけ、炎のような激情をたたきつけた。

「家族だけ逃がして、自分は見物するやなんて！　科学者とはそんなに偉いんか！」

「……っ」

偉いかどうか、という話ではなかったが、そういう問題ではないと修もわかっていた。

事実、身勝手には変わらないだろう。フミや世津には「こうしてほしい」と要求を押しつけておいて、自分は自分で決めたことをやるというのだから。

大切な人を悲しませるとわかっていて、この方法を選んだ。彼女たちの願いを受け取ることもしないで、この方法しか選べなかった。

「……今まで、僕が科学者を目指すのを、ずっと応援してくれたこと、感謝しとります」

わびの代わりに、修は深く頭を下げた。

「お父さんに軍人になれと言われた時も、一人だけ味方してくれた。……ありがとう。あのとき、どれだけ心強かったたか。でも、だから代わりに裕之が軍人になった。それで……」

「これが、あんたの考える科学者の仕事なんやな」

修の言葉を遮り、フミが言った。

「これ以外にもう、考えつくことはないんやな」

「……はい」

「それならあなたの思うようにしなさい。わかった」

「母さん」

「それと、裕之は代わりに兵隊に行ったんやない。あの子が自分で決めてそうした。裕之は裕之。あんたはあんたや。ずっと……そうやって育ててきたやろ」

「……はい」

ぐっと何かがせり上がりそうになり、修は慌てて頭を下げた。

確かにその通りだ。フミはずっと修も裕之も分け隔てなく育ててくれた。勝手に気負って、遠慮して、修が距離を置こうとした時もいつもいつも……根気よく、何度もそれを伝えてくれた。

「修」

「はい」

「私はここを動かん。それが、科学者の息子を持った母親の責任や」

「母さん……」

まっすぐに見つめ返してくるフミを前に、修は何も言えなくなった。世津も何も言わなかった。

二人の視線を痛いほど感じながら、修は再び深く頭を下げた。

（二人とも、あの後は何も言わなかった）

荒勝の部屋で、そんな前夜のことを思い出す。フミと世津には昨日のうちに自分の考えを話した。

「提案があります。あのときの台詞を今、荒勝の前でも繰り返すだけだ。

「提案があります。僕は広島には行きません。代わりに、比叡山に登らせてください」

「……っ、まさか、それは」

荒勝はさすがに素早かった。瞬時に修の言わんとしていることを察して絶句する。

修はうなずき、荒勝をまっすぐ見返した。

「もし次の原子核爆弾がこの京都に使われるなら、僕はそれを観察すべきやと思います。

比叡山に登れば、その一部始終を見ることができるでしょう。すぐにでも比叡山に観測機器を設置して、その時を待つんです」

「それは石村くん……それは君」

「これは実験です。未だかつて原子核物理学者が目にしたことのない、壮大な実験です」

思わず立ち上がった荒勝を制するように、修はたたきつけるようにして言葉を紡いだ。

荒勝の言葉を遮るような形になってしまったが、多分違う。待っていても、荒勝はおそらく「石村くん、それは君」の先を続けられなかったに違いない。

原子核爆弾の威力を、そのむごたらしい残虐さを一番わかっているのが彼だからだ。京都の街に原子核爆弾が落ちれば、自分の眼下でどんな地獄が展開されるのか、彼はよくわかっている。

その情景を目の当たりにしたい者などいるわけがない。修も正直、自信がない。今はまだ、想像することしかできないから耐えられているだけで、実際に街が壊滅し、何千、何万という人が一瞬で破壊される光景を目にしたら、修は自我を保てないかもしれない。

（それでも）

もう自分にはこれしか、やれることが思いつかない。裕之が願い、世津と三人で語った「未来」を作るには、もうこうするしか……。

「ウランの核分裂反応が京都の街、および人間に与える影響の実験と観察。これは……

後世のための貴重な資料になるでしょう。我々は知らねばなりません。この兵器の恐ろしさを。まがまがしさを。邪悪さを」

「…………」

「その資料を活かして、我々の志を継いだ科学者がきっと、世界を変える研究をしてくれる。破壊するためではなく、生み出すために。争いのない世界を作るために！　これはそのための実験です」

「……死ぬかもしれんぞ」

「覚悟の上です」

「うなされるぞ。一生！　君は物理学を学んだ己を呪い続ける！」

「覚悟の上です！」

「もし、わしが」

ぽつりと荒勝が呟いた。よろめき、机に手をついた彼は一気に数十歳も年老いたように見えた。顔を覆い、息を吐く。長く、深く。

「もしわしが君くらい若かったら、おんなじことしたやろうかな……」

「……先生」

「わしは、明日には広島へ向けて発つ。もし君一人でもやる気構えがあるなら、わしは止めん。機材は好きに使っていい」

「ありがとうございます」

「わしの研究室に、君がいてよかったわ」

顔を上げ、荒勝が笑う。その目は悲しげで、つらそうで、むしろ逆のことを言われた気がした。

(惜しんでくれてる)

自分の研究室にいなければ、この若者は今後もまっすぐ伸びていっただろうに、と。

だがそれは、もうどうしようもないことだ。この時代に生き、物理学の道を志し、広島の惨状を目にしてしまった。裕之が「死なんわけにはいかん」と泣いたように、自分もまたこうするしかない。

「前に」

進みます。

荒勝の目を見て、心の中でそう言った。

……その先に、何があろうとも。

＊

その夜、修は家に入るところの石段に座って、ぼんやりと空を見上げていた。なんとなく既視感があるなと思ってから気がつく。

（裕之が……）

軍隊へ戻る前の日の夜にそっくりだ。

あの日は修が研究室から帰ってくると、裕之が縁側に一人座っていた。空襲警報が鳴り響いているのに、まるで秋に鳴く虫の音に耳を傾けているかのようにのんびりと。

あのときは裕之がなぜ、あんなに穏やかでいられるのかわからなかった。戦場に行ったことのある人間は空襲警報くらいでは怯えないのだと驚きや感動、負い目のような複雑な感情を覚えたものだ。

だがこうして似た立場になって、ようやく気づく。

考えて、考えて、考えた結果、自分の進む道を決めた時、心はこんなにも凪《な》ぐものなのだ。心残りも怯えも、ないと言えば嘘になる。それでもそれらの葛藤を越え、やるべきことを見つけてしまえば、後はもう進むだけだ。

唯一、今もまだ振り切れないものと言えば……

「ここにおったんか」

背後から声がした瞬間、ストンと隣に誰かが座った。振り向いて確認しなくてもわかる。世津だ。

「今日はえらい静かやな。鈴虫とか聞こえてきそうや」

「ああ」

その言葉で、世津もまた裕之がいなくなる前日のことを思い出しているのだとわかった。警報が響く中、三人で未来の話をたくさんした。

どんな職に就きたいか。どんな料理が食べたいか。どんな家に住みたいか。

そしてどんな世の中にしたいのか。

どんな家庭を持ちたいか、といった話はしなかった。暗黙の了解のように全員が、三人そろって生活し、歳を重ねていくことを前提にした話をしていたように思う。

「どう思われようと、世津ちゃんには逃げてほしい。そうせんと、俺が後悔する」

「……勝手やな」

「ああ、勝手や」

「裕之兄ちゃん、今頃どうしてるのかな」

「うん？」

急に話が飛んだ気がして隣を見ると、世津が膝を抱えて空を見上げていた。整った横顔がすうっとさらに透明感を増したように見える。

「あのとき……三人で海に行ったときに言われたんや。『世津ちゃん、幸せになれよ』て。なんやの急に、って思ったけど、あのとき、もう覚悟してたんやな」

「………………」

「あほやわ。裕之兄ちゃんがおらんで幸せになんてなれるわけない。しかも今度は……」

ぎりっと世津が歯を食いしばった音が聞こえた気がした。

何も言い返せずに黙る修に、世津の雰囲気が変わった。

激しい怒りと、果てしない悲しみ。

燃えるような熱さをたぎらせた世津の視線を受け、修は内心たじろいだ。

「……間違ってる」

「え……」

「あなたは間違ってると思う。説明せえ言われてもできん。けど、そう思う。お母さんを一人にしたらあかん。ここに！　この広い家に、一人にしたらあかんわ。なのに全部一人で決めてしもうて」

「それは」

「そうはいかんわ。簡単に納得した、なんて思わんといて。全部応援してくれて、何でもかんでも背中を押してくれたんと違うんよ」

「………」

「いかんといてほしい」

ぽろりと世津の口から、弱々しい声がこぼれ落ちた。

「……って言うても、あなたは変わらへんやろな」

ハッと息をのんだ修の前で世津は苦しそうにうつむき、唇を嚙んだ。

「……あ」

何か言わなければならないと思った。

だが何も言葉が出てこなかった。

一瞬、自分は何か間違っているのではないかという思いが胸を貫いた。

何度も考えて、考え抜いて出した答えのはずだった。自分の決断は命をかけるに値することだと思ったし、この先の未来を照らすことだとも思っていた。

荒勝も修の決定に異を唱えなかった。若き研究者の向こう見ずさにおののきつつ、羨望するような視線すら向けた。だというのに……。

「いつか言うてた『きれいな光』ってこんなことやったん？」

「………」

まっすぐな世津の目が見られない。即答するべき時だと思うのに。

「ほんまは危ないけど目が潰れてもええくらい、きれいな光。ヒトをぎょうさん殺す時の光のこと、言うてたん？　それをまた見ようとしてる？」

「………」

「そんなに科学が大事なら、私が実験台になったる！」

「……え」

「全部、全部全部全部、見ればええわ！　見せてあげる。お山の上から、瞬きもせんで見とってや。ええな！」

言うだけ言って、世津はぱっと身を翻した。後を追うことも、何か言葉をかけることもできない。世津も避難せず、ここに残ると言われたのに。

（世津を焼き殺す、光）

その瞬間を見るのだ。自分は。

そしてこの先の未来に生かす。

「……ああ」

なんて業の深い生き物なのだろう、科学者という存在は。

この生を終えた後、二度と人間にはなれない気がする。輪廻《りんね》の輪からも外れ、永遠に地獄で焼かれ続けるかもしれない。

（それでも……）

この道しか選べないのだ。自分は。


翌日、修は身支度を調えて部屋を出た。

机に裕之から預かった世津の指輪を置いておく。「兄さんが持っていてください」と裕之の手紙には書かれていたが、それはとてもできなかった。

死地に向かう裕之は、これを置いていったのだ。自分もまた、そうしなくては。

そして、散々迷ったが、フミ宛ての手紙をその隣に並べて置いた。

別れの挨拶ではない。それはもうすませたと思っている。

――コマは回ってる時は倒れへん。止まると倒れる。……なんでやろな？

その原理の話を書いた。

(コマは剛体《ごうたい》に一本の軸を通しただけの単純な作りや)

地球にある物体には重力が働いている。地上でコマを回そうとすると回転させる力がコマに働くが、この回転力が大きいとコマが重力で傾こうとするのを押し戻す力が働く。そして支点になる軸の摩擦でその回転力が弱まれば、コマは重力に負けて倒れてしまう。

――摩擦がなければ、コマは永遠に回っていられる。

その発想が、空気圧で回転する遠心分離機の構想へとつながった。

(大きくなったら教えてほしい、て母さんに言われてたのにな)

ずっと今日まで先延ばしにしてしまった。

あんな昔の話をフミが覚えているかわからなくて。きっと忘れているだろうと思い、腰が引けてしまって。

だがフミは「私は科学者の母」と言ってくれた。その腹から生まれたかどうかを気にし続けていた修とは違い、フミはもうずっと昔から、修の母親だったのだ。

「……っ」

玄関に向かうと、上がりかまちに水筒と風呂敷包みが置いてあった。

触るとまだ温かい。思わず台所の方を見たが、そちらからは物音一つせず、修もまた向かおうとは思わなかった。

ありがたく包みを受け取り、家を出る。

*

山道はまだ薄暗く、歩きづらかった。獣道は木の根があちこちから飛び出し、モグラか何かの掘った穴が開いている。

よろめく。なんとか踏みとどまり、再び足を前に出す。その繰り返しだ。

急な斜面を進むたび、実験機材が肩に食い込んだ。

やがて夜空が少しずつ色を変えはじめた。京都の街がよく見えるようになる。

思わず足を止めて眺めるも、すぐに再び山を登り始めた。「その時」がいつになるかはわからない。できるだけ早く、山頂に着かなければ。

ようやく山頂にたどり着き、街が一望できる場所に機材を下ろす。

コンパスや分度器、ゴーグルを取り出し、一つ一つ並べていった。高度計を確認して、放射線計測器、カメラなどを設置し、それ以外の機材も周囲に配備する。

無言で作業していると、ゆるゆると日が昇り始めた。ゆっくりと空を染め、京都の街の屋根を照らし、太陽が夜明けを運んでくる。

「…………」

修は山に腰を下ろし、一息ついた。

京都上空に目を向けるが、穏やかな朝の空が広がるばかりでのどかなものだ。

仰向けに寝転がり、天を仰いだ。

朝日とはいえ、射るように強烈な太陽に目を焼かれ、思わずまぶたをきつく閉じる。まぶたの裏が緑色に染まり、しばらく痛んだ。

太陽とは本当に容赦がない。柔らかく降り注いで作物を実らせ、人々を照らしてくれる存在だが、まっすぐに見ようとすればこうして目を焼かれる羽目になる。

「…………」

ぐう、と腹が鳴った。どんな時も腹は減るものだ。

修は起き上がってフミが用意してくれた包みを解いた。中には笹《ささ》の葉でくるまれた、大きくて丸い、白米のおにぎりが二つ入っていた。

白米。……白米だ。

裕之が家を出る時にフミが炊いていたおにぎりが最後の米だと思っていた。実の息子だから特別なのだろうと、心の片隅で思ってしまっていた。そしてそれが当然だと考えてもいた。

だが、そんな気持ちが一瞬で解けた。

もう何度も何度も繰り返し伝えてくれたように、自分はフミの子供だったのだ。

「………」

手を合わせ、おにぎりにかぶりついた。ぶわっと米の甘さが口いっぱいに広がり、唾液があふれた。まだほんのり温かく、塩味がする。

うまい。

うまい。

うまい。

夢中で頰張り、咀嚼《そしやく》した。

食べれば食べるほど、身体の隅々までエネルギーが充電されていく。

嚙み、飲み込み、また食らいつく。手足の先に熱が戻り、頭の中がどんどん明瞭になっていく。

うまい。

死を覚悟しているというのに。

うまい。

つい先ほどまで絶望の中で唯一ともる、暗い光にすがっていたのに。

うまい。

何かが頭に浮かぶが、全て米のうまさにかき消されてしまう。夜通し実験したこと、ウランの鮮やかな黄色、「窯いそ」で出会った職人の不器用な笑顔、回り続けるコマ、建物疎開で迎えに行った時の世津の顔。

いくつもの出来事が頭の中でパチパチッと閃いては消えていく。きれいな光。

修を形作ってきた、様々なもの。

「ぐ、う――……」

ゴクン、と最後の一口を飲み込んだ時、思わず嗚咽《おえつ》が漏れた。

次にわいてきたのは衝動だった。

科学者としての意地も、悲壮感も使命感も全て消え、一人の女性の顔が浮かぶ。いつだってまっすぐに修を見上げ、強気で口が達者で凜としていて……ずっとずっと好きだった。

「……っ」

修は思わず立ち上がった。急に激情がこみ上げてきて、抑えきれない。両目から涙があふれ、めまいがした。

生きたい。知りたい。見たい。考えたい。

自分はまだ、こんなにも現世に執着している。

――会いたい。

(世津に)

「――……っ!」

そう悟った瞬間、修は無我夢中で走り出した。

機材はその場に置き去りにして、山を駆け下りる。

木の根に足を取られて転んだ。起き上がり、また走った。転んだ。起きた。走った。

何度も転んでは起き上がる。痛みはなかった。頭を占めるのは世津のことだけだ。

会いたい。会いたい。会いたい。姿が見たい。声が聞きたい。触れたい。

あれが最後だなんて嫌だ。自分は……自分は……

「……ちゃぁ……ーん……」

ハッと修は息をのんだ。空耳だろうか。今、どこかから……。

「しゅうにいちゃーん!」

「世津！」

間違いなく世津の声だ、と直感し、修はさらに夢中で走った。

やがて、世津が必死で山を登ってくる姿が見えた。

修も駆け下り、ぶつかる勢いで抱きしめる。

「世津！」

「戦争が終わったんや！」

抱きしめられるまま、世津が叫んだ。あらゆる感情が詰まった声で。

「さっきラジオで、天皇陛下のお言葉が……」

「ごめん。ごめんな」

世津の声が聞こえないまま、修は夢中で繰り返した。何に対して謝っているのかはよくわからなかった。

全てを勝手に決めてしまったことなのか、世津のことを勝手に諦めようとしていたことなのか、それとも全然別のことなのか……。

何もかもわからないまま、心からあふれるままに修はひたすらわび続けた。

怒りもせず、呆れもせず、世津はただ抱きしめ返してくれた。しっかりと。強く。

「生きよう、修兄ちゃん」

「ああ」

修はうなずいた。

戦争が終わったからではない。自分の意思で、生きようと思った。

広島に向かい、荒勝たちに合流する。今回の原子核爆弾の威力を、効果を、被害を調査し、今後に生かす。

戦争は終わった。

だが自分の研究は終わらない。ここからまた、始まるのだ。


月日は飛ぶようにすぎた。

終戦後、数年は引き続き物資が不足し、国民は耐え忍ぶ生活を余儀なくされたが、やがてそれも落ち着き始める。

急速に復興が進められ、日本は経済的に急成長を遂げた。

破壊された街並みも暮らしも十年かけて飛躍的に進化し、もはや戦時中の停滞感はみじんもない。

街のそこかしこに季節ごとの花が咲き、店には豊富な品が並ぶ。人々は流行に合わせた衣服を身にまとい、大通りには人々の笑い声があふれた。

「せんせー、さよーならーっ」

満開の桜の下、背後から元気よく声をかけられて世津は振り返った。しわ一つない制服に身を包んだ十代前半の子供が数人、ぶんぶんと手を振っている。

「さよなら！　寄り道しないで帰るのよ」

「はーい」

行儀のいい返事はするが、彼らがどこまで世津の話を聞いているかは怪しいものだ。

「帰ったら、俺んちに集合な！」「行く行く、すぐ行く！」と興奮気味に話している声が聞こえる。

「……ふふ」

その背中を見送り、思わず笑い声がこぼれた。彼らの母親たちはきっと、誰もが子供の幸せを願っているだろう。「お国のために捧げる」などと考えて子供を産んだ母親は存在しない。もうそんな時代は終わったのだ。

「世津ちゃん！」

と、その時、正面から声がした。

顔を上げると、丸眼鏡をかけた温和な青年が足早に近づいてくる。

「今、帰りか？　お疲れさん」

「修さん」

毎日夜遅くまで研究に明け暮れているのに、珍しいこともあるものだ。

世津も駆け寄り、隣に並ぶ。修がほんの少し、歩く速度を落としたことに気がつき、思わず笑みがこぼれた。

「なんや、ええことあったのか?」

「うん、修さんこそ、今日は早く帰れたみたいでよかった。身体は大事にしてくれないと困りますよ」

「大丈夫や」

「ちょっと前、海で事故があったって聞いたけど、平気なの?」

「……原子核はまだまだわからんことだらけやからな。少しでも解明して、安全に活用できる方法を探らんと」

修はわからないことをわかったフリでごまかす男ではない。明言を避けたということは、その事故は少し深刻なものなのかもしれない。

(でも)

戦時中、海軍の密命を受けて原子力の軍事利用の研究をしていた修は終戦後、原子核の構造の研究や原子力の平和利用の研究を行っている。

原子力の研究をやめるのではなく、方向性を変えて関わり続けるのが彼らしい。

「大丈夫や、ちゃんと前には進んでる」

黙った世津に修が言った。まっすぐ前を見て、修はわずかに目を細める。さらに先の未来を見つめようとするように。

「……『世界を変えるような大きな学問をする』。それが裕之の願いやからな」

「うん、夏が来たら裕之兄ちゃんの命日や。裕之兄ちゃん、修さんの話、きっと聞きたがってる」

「話すこと、たくさんあるな」

十年前に命を落とした弟の話をするとき、修の声には力がこもる。力強く、まっすぐに生きた弟は今も修の力になっている。

(私もや)

修と、裕之と交わした未来の話が世津の宝物だ。両親からもらった指輪と同じくらい、世津という人間を形作っている。

「……『何でもかんでも原子』や」

「世津?」

――でも、人間だ。

喜び、悲しみ、理想を持ち、夢を叶えるためにあがいている。

そしてこれからも、生きていく――。

解説

黒崎　博

私が映画『太陽の子』の脚本を書き始めたのはこんなきっかけからでした。

今から十数年前、とある図書館の片隅で古い日記の断片を見つけました。それは京都帝国大学で原子物理学を研究する科学者、清水栄氏が書いたもので、一九四四年から四五年にかけての研究室の風景が記されていました。当時はドイツで、ウラン２３５に中性子を当てるとその原子核が分裂し、膨大なエネルギーが放出されるという事実が発見されたばかり。世界中の科学者が最先端の学問を究めようとしのぎを削っていました。まだ三十歳そこそこだった清水氏も夢中で研究に打ち込んだ様子が文面から読み取れます。

彼とその仲間たちの研究は、原理的に殺りく兵器へとつながるものでした。しかし、兵器を開発していることの後ろめたさは日記からはほとんど感じられません。それも当然のことです。まだ「原子爆弾」なんて誰も見たことが無かったからです。実現できるかどうかも分からない。それ以前の基礎研究として、原子物理学という当時ぴかぴかの新しい学問は、例えば現代における量子力学やIPS細胞やAIの研究と同じように、魅力的な未知の光を放って若い科学者を惹《ひ》きつけたに違いありません。

しかし、優秀な頭脳を持つ彼らのことです。もし原子爆弾なるものが完成したら、それは沢山の人を殺すことになるということは理解していたはずです。核分裂の凄《すさ》まじいエネルギーは計算ではっきり分かっていましたから。

科学と戦争。未知なるものへの憧れと、その先につながる兵器開発。この矛盾。私はこのテーマでどうしても映画を作りたくて、脚本を書き始めました。清水氏の他にもたくさんの科学者を調べ、また当時を知る人々に会って取材を進めました。次第に私の中でイメージが結び合わされ、修という主人公が出来上がっていきました。

清水氏の日記には一方でこんな記述もありました。

「美しい爽快なる日曜日であった。碧空に浮かぶ白雲は戦争の激しい現実を離れて人々の心を美しい自然へと向ける。叡山を始め山々はくっきりと浮かび上がってゐる。」

一九四五年七月八日。終戦の約一か月前の日記の書き出しです。

戦時であっても美しい一日を過ごしたし、美しい京都の街は変わらずそこにあったはずです。むしろ戦時だからこそ、日常の美しさ、尊さを人々はかみしめていたと思うのです。私は、この映画は美しい映画にしなければいけない、と思いました。日々の暮らしの美しさを丁寧に描きたいと思いました。そして、樹島千草さんがこの小説で大事に膨らませてくれたのは、そんな日々の暮らしの描写です。主人公たちは一日一日を大事に生きています。朝起きたらどんな光が射しているか、今日はどんなご飯を作るのか、愛《いと》おしい人はどんなことで笑ってくれるのか。些細《ささい》な、でも生きていく上で一番大事なこと。

好きなくだりがあります。研究で徹夜が続いて、くたびれ果てて寝ていた修に、世津が弁当の代わりにふかし芋を持ってくる。目を覚ました修は世津に「ありがとう」とぺこりと頭を下げる。世津は笑って「修兄ちゃん、いつもちゃんとお礼言う」と返します。この世津の返事は小説のオリジナルです。世津らしいと思います。映画の中でも、修はきちんとお礼を言います。母・フミにも、弟・裕之にも。大好きな人にお礼を言える。それは幸せなことだと思います。科学に没頭するあまり、そのほかのことは苦手である修は、日常をきちんと生きる母や裕之や世津を尊敬していると思います。こういうセリフにならない大事なことを演技によって伝えていくのが映画だと思いますが、そんな映画のエッセンスを小説という形で丁寧に抽出してくれました。

科学者の脳内は凡人の僕にはわかりませんから、修にはこの世界がどんな風に見えているんだろうと想像するしかありません。脚本を書きながら、また撮影を進めながら、たくさんの想像をしました。

　修はいつも世津といる時、眩《まぶ》しそうに彼女を見つめます。全ての物質が原子の組み合わせから成り立っていると知っている修は、その原子の組み合わせ自体が奇跡に思えているのかもしれない。目の前の愛おしい人もまた、膨大な原子の組み合わせから成り立っており、その世津が自分ににっこり笑ってくれることの奇跡を、科学者・修は普通の感覚と少し違う、原子レベルのスケールで奇跡と感じているのではないかと。修がもしそこまで科学に夢中な「科学バカ」だとしたら、おもしろい奴《やつ》だと思います。

　私たちはコロナ禍で、日常を失って日常の尊さを知りました。そして少し形を変えた日常を、これまで以上に愛おしく感じながら生きている気がします。毎日を健康に生きてるだけで奇跡、などという言い方が恥ずかしくないくらいに。どこかこの物語と似ているんじゃないかと思うのです。


　さて、昭和二十年八月六日に広島に原子爆弾が投下され、修たちは被爆地に駆けつけます。そして破壊された街を見て、これが自分たちの研究の先につながる出来事なのだと知ります。科学と戦争。大きな課題を突きつけられた主人公は打ちのめされ、一度は研究室を飛び出して常軌を逸した行動に走りますが、なんとか戻ってきます。その先にどんな人生を送ったのかは観客の想像にお任せすることにしました。映画はすべてを説明せずに終わります。その後の世界がどう続いているかは、今を生きている私たちが一番よく知っていますから。

しかしこの小説の結末には戦争から数年後の修と世津が少しだけ描かれます。

修は原子物理学の研究をつづけ、何か大きな課題を抱えながらも、研究に邁進《まいしん》している。世津は教師の仕事をしながら、修を見守っています。未来を見ながら、前進を続ける二人の姿を小説版では見たいのだと、樹島さんにお願いして創作してもらいました。

ちなみに前述の科学者・清水栄氏はその後も京都大学で原子物理学の研究を続けました。終戦から九年してマーシャル諸島のビキニ環礁で米国が核実験を行い、付近にいた日本の漁船第五福竜丸が被曝《ひばく》しました。調査に赴いて、それが世界初の水素爆弾だった、と明らかにしたのが清水氏です。

人生は続く。

修と世津、二人は結婚したのでしょうか。それも読者の皆さんの想像に委ねたいと思います。

（くろさき・ひろし　映画『太陽の子』脚本・監督）

監修　刑部芳則（時代）
政池明（物理学）

本書は、集英社文庫のために書き下ろされた作品です。

集英社文庫　目録（日本文学）

集英社文庫　目録（日本文学）

北方謙三　風の聖衣—挑戦Ⅲ
北方謙三　風群の荒野—挑戦Ⅳ
北方謙三　いつか友よ—挑戦Ⅴ
北方謙三　愛《いと》しき女たちへ
北方謙三　傷痕老犬シリーズⅠ
北方謙三　風葬老犬シリーズⅡ
北方謙三　望郷老犬シリーズⅢ
北方謙三　破軍の星
北方謙三　群青神尾シリーズⅠ
北方謙三　灼光神尾シリーズⅡ
北方謙三　炎天神尾シリーズⅢ
北方謙三　流塵神尾シリーズⅣ
北方謙三　林蔵の貌《かお》(上)(下)
北方謙三　そして彼が死んだ
北方謙三　波《は》王《おう》の秋《とき》
北方謙三　明るい街へ

北方謙三　彼が狼だった日
北方謙三　罅《ひび》・街の詩《うた》
北方謙三　皸《ひび》・別れの稼業
北方謙三　草莽《そうもう》枯れ行く
北方謙三　風裂神尾シリーズⅤ
北方謙三　風待ちの港で
北方謙三　海嶺神尾シリーズⅥ
北方謙三　雨は心だけ濡らす
北方謙三　風の中の女
北方謙三　水滸伝一〜十九
北方謙三・編著　替天行道—北方水滸伝読本
北方謙三　魂の岸辺
北方謙三　棒の哀しみ
北方謙三　君に訣別の時を
北方謙三　楊令伝一玄旗の章
北方謙三　楊令伝二辺烽の章

北方謙三　楊令伝三盤紆の章
北方謙三　楊令伝四雷霆の章
北方謙三　楊令伝五猩紅の章
北方謙三　楊令伝六徂征の章
北方謙三　楊令伝七驍騰の章
北方謙三　楊令伝八箭激の章
北方謙三　楊令伝九遥光の章
北方謙三　楊令伝十坡陀の章
北方謙三　楊令伝十一傾暉の章
北方謙三　楊令伝十二九天の章
北方謙三　楊令伝十三青冥の章
北方謙三　楊令伝十四星歳の章
北方謙三　楊令伝十五天穹の章
北方謙三・編著　吹毛剣楊令伝読本
北方謙三　岳飛伝一三霊の章
北方謙三　岳飛伝二飛流の章

集英社文庫　目録（日本文学）

北方謙三　岳飛伝　三　嘶鳴の章
北方謙三　岳飛伝　四　日暈の章
北方謙三　岳飛伝　五　紅星の章
北方謙三　岳飛伝　六　転遠の章
北方謙三　岳飛伝　七　懸軍の章
北方謙三　岳飛伝　八　龍蟠の章
北方謙三　岳飛伝　九　曉角の章
北方謙三　岳飛伝　十　天雷の章
北方謙三　岳飛伝　十一　烽燧の章
北方謙三　コースアゲイン
北方謙三　岳飛伝　十二　飄風の章
北方謙三　岳飛伝　十三　蒼波の章
北方謙三　岳飛伝　十四　撃撞の章
北方謙三　岳飛伝　十五　照影の章
北方謙三　岳飛伝　十六　戎旌の章
北方謙三　岳飛伝　十七　星斗の章

北方謙三・編著　盡忠報国　岳飛伝・大水滸読本
北上次郎　勝手に！文庫解説
北川歩実　金のゆりかご
北川歩実　もう一人の私
北川歩実　硝子のドレス
北村薫　元気でいてよ、R2-D2。
北森鴻　メイン・ディッシュ
北森鴻　孔雀狂想曲
城戸真亜子　ほんわか介護
木下昌輝　絵金、闇を塗る
樹原アンミツ　東京藝大　仏さま研究室
木村元彦　誇り　ドラガン・ストイコビッチの軌跡
木村元彦　悪者見参
木村元彦　オシムの言葉
木村元彦　蹴る群れ
木村元彦　新版　悪者見参　ユーゴスラビアサッカー戦記

木村元彦　争うは本意ならねど　日本サッカーを救った我《が》那《な》覇《は》和樹《かずき》と彼を支えた人々の美《ちゅ》らゴール
京極夏彦　どすこい。
京極夏彦　南極。
京極夏彦　文庫版　虚言少年
京極夏彦　文庫版　書《しょ》楼《ろう》弔《とむらい》堂《どう》　破《は》暁《ぎょう》
京極夏彦　文庫版　書《しょ》楼《ろう》弔《とむらい》堂《どう》　炎《えん》昼《ちゅう》
清川妙　人生のお福分け
桐野夏生　リアルワールド
桐野夏生　I'm sorry, mama.
桐野夏生　I N
桐野夏生　バラカ（上）（下）
久坂部羊　嗤う名医
久坂部羊　テロリストの処方
櫛木理宇　赤と白
久住昌之　野武士、西へ　二年間の散歩
工藤直子　象のブランコ　——とうちゃんと

集英社文庫

太陽《たいよう》の子《こ》　GIFT OF FIRE《ギフト　オブ　ファイア》

2021年7月20日　第1刷　　定価はカバーに表示してあります。

著　者　樹島千草《きじまちぐさ》
発行者　徳永　真
発行所　株式会社　集英社
東京都千代田区一ツ橋2-5-10　〒101-8050
電話　【編集部】03-3230-6095
【読者係】03-3230-6080
【販売部】03-3230-6393（書店専用）

印　刷　図書印刷株式会社
製　本　図書印刷株式会社

フォーマットデザイン　アリヤマデザインストア　　マークデザイン　居山浩二

ISBN978-4-08-744279-3 C0193